Du bist kein Kind mehr

Reihe »Bellevue«

Die Deutsche Bibliothek verzeichnet diese Publikation
in der Deutschen Nationalbibliografie.
Detaillierte bibliografische Daten sind im Internet abrufbar unter
http://dnb.d-nb.de

Alle Personen und Begebenheiten sind frei erfunden.
Ähnlichkeiten mit tatsächlichen Vorgängen verdanken sich ausschließlich
der geschichtlichen Erfahrung.
Ulrike Gramann

1. Auflage April 2014
© 2014 Marta Press Verlag Jana Reich, Hamburg, Germany
www.marta-press.de
© Umschlaggestaltung: Niels Menke, www.design-kontext.de
unter Verwendung einer © Collage von Else Gold, www.elsegold.de
Grafik & Satz: Marta Press Verlag Jana Reich
Printed in Germany.
ISBN 978-3-944442-07-5

Ulrike Gramann

Du bist kein Kind mehr

Erzählungen aus dem erwachsenen Leben

Nur *bedeutsame* Vergangenheit wird erinnert,

nur *erinnerte* Vergangenheit wird bedeutsam.

Jan Assmann

Kind sein

Kein Kind sein

Ablösung

Kind sein

Sommerzeit

Sie hörte, wie auf der Straße etwas klapperte und schleppte. Marina nahm Anlauf und sprang die hölzerne Planke an, die den Hof vom Vorgarten trennte. Wegen der Hühner. Sie hatten keine mehr, nur die Planke war noch da. Hinterhof, Planke, Vorgarten, Zaun, Straße. Die Füße baumelten einen halben Meter über dem Boden. Langsam zog sie sich hoch und stützte sich auf die breite Kante. Nicht an den Kies jenseits denken. Draußen schlurfte Görsch vorbei, der den Bierkasten mit einer Hand trug. Flaschen stießen aneinander. Görsch ließ den Kasten fallen. Es staubte. „Wer hat hier gescheppert?" Er nahm eine Flasche hoch. „Du hast gescheppert." Görsch schnippte den Bügel auf, setzte an und trank in einem Zug aus. Seine grauen Bartstoppeln zuckten. Marina sah jetzt, dass im Kasten bereits zwei andere leere Flaschen zwischen den vollen staken. Im Vorgarten gegenüber richtete Tante Lisbeth sich auf. „Fängst früh an, Görsch. Morgen." Er drehte langsam den Kopf. „Morgen, Lisbeth." Er wischte den Speichelfaden weg. „Wird heiß heute, Lisbeth." Marina fühlte ein Kribbeln in den Handgelenken. Görsch nahm den Kasten wieder auf und setzte sich in Bewegung. Marina ließ sich nach einem letzten Blick auf seinen Hosenboden wieder hinter die Planke fallen. Das Gras war noch kühl, aber bereits trocken. Herr Görsch wohnte hinter der Friedhofsschenke in einem Haus, das keinen Vorgarten hatte, nur einen winzigen Streifen trockene Erde zwischen Hauswand und Zaun, in den die Frau jedes Frühjahr ein paar tränende Herzen pflanzte. In die Sonne! Die hatten keine Ahnung, wenn man Marina fragte. Die ließen zu, dass die Katze da wühlte. Falls sie heimkam, die Katze. Die Frau, die vor zwei Jahren zu Görsch gezogen war, hatte selber ein Gesicht wie eine Katze, unheimlich. Die Eltern hatten sich darüber unterhalten, wie sie Görsch im Konsum angeredet hatte. „Geh schon vor, Schatz, ich komm' gleich nach." Schatz. Scha-atz. Wenn sie über die Leute redeten, nannten sie Görsch jetzt immer „der Schatz". Und lachten dabei. Marina hatte ihnen natürlich nicht erzählt, dass sie letztes Silvester in dem Haus gewesen war. Mit Bernd. Bernd ging in die achte, Marina in die sechste. Bernd wohnte oben. Seine Eltern waren die Mieter von Görschs. „Görschs" konnte man eigentlich nicht sagen, der hatte die Frau ja nicht geheiratet. Die aus der Acht b hatten Knaller gehabt und sie immer dann losgelassen, wenn die von der a-Klasse vorbeikamen. Blitzknaller. Bernd hatte auf einmal ihren filzigen feuchten Fausthandschuh umfasst, also eigentlich ihre Hand, und hatte sie in die Ecke zwischen Haus und Schenke gezogen. Dann war sie mit ihm raufgegangen. Hinter Görschs Tür hatte der Fernseher gedröhnt, es war fast so kalt wie draußen dort und roch nach Mäusen. Bernd hatte einen Schlüssel. Seine Eltern feierten Silvester im Kulturhaus. Marina ging hinter ihm in die Wohnung. Er öffnete kurz die Stubentür. Sie hatten einen Weihnachtsbaum mit Elektrokerzen. Sie sah nur kurz hin und ging Bernd hinterher in sein Zimmer. Er hatte Bier. Und eine Likörflasche. Die anderen würden gleich nachkommen. Vielleicht. Bis dahin betrachtete sie die Fotos über Bernds Bett. Suzi Quattro. Aber als Bernd aufs Klo musste, rannte sie aus der Wohnung und nach Hause. Danach hatte Bernd nie mehr mit ihr gesprochen, auf dem Schulhof sowieso nicht, aber auch nicht hinter der Schule in der Pfarrgasse. Nie an der Turnhalle, wo alle sich nach der Schule trafen. Die Mädchen aus der sechsten und die Jungen aus der achten. Es war ihr auch egal, jetzt kam der zur Eh-Oh-Es. Sie erst in zwei Jahren. Wenn sie nicht überhaupt ihr Abitur in Halle machte. Oder gleich in Berlin. Im In-ter-nat.

„Sag deinem Vater, ich brauche drei Zwiebeln!" Ja, sie hatte es gehört. Marina stand auf und hüpfte die weit auseinanderliegenden Stufen des Gartenwegs hinunter. Ihr Vater ging jeden Sonnabend und jeden Sonntag beim Hellwerden in den Garten und kam erst im Laufe des Vormittags in die Küche, um Kaffee zu trinken. Er stand früh auf, vor Marina und ihrer Mutter. Goethe, sagte er, habe auch nie mehr als fünf Stunden geschlafen. Ja, ja, ja, und Napoleon konnte drei Dinge auf einmal tun. Ja, ja. Am Abend schrieb er in seiner gestochenen Schrift auf unliniertes Papier, das er später wegschloss. Das weiße und das beschriebene. Aber Marina konnte das Schloss mit einem geschickten Ruck an der Schreibtischtür öffnen und schließen. „Wer immer strebend sich bemüht, den können wir erlösen." Wahrscheinlich war er unten bei den Sauerkirschen. Marina hatte bereits zwei Nachmittage Sauerkirschen gepflückt. Nach wenigen Handgriffen begannen die Finger zu kleben, vor Saft und Staub. Die überreifen Dinger zermatschten. Deshalb kamen sie auch in den riesigen Entsafter, aus dessen Hahn der kochende Saft in die Weinflaschen schoss, die vorher tagelang in einer Wanne lagen und dann mit heißem Wasser gespült wurden. Oben kamen Gummikappen drauf, deren Rosa dem entfärbten Fleisch der Kirschreste ähnelte, die auf den Kompost geschleppt wurden. Sie gärten in der Sonne und stanken. Marina hoffte, ihr Vater hätte die restlichen Kirschen gepflückt. Aber nichts. Der eine Baum hing noch halb voll. Sie pflückte eine Kirsche und wischte vorsichtig den Staub ab. Sie hatten hier Sandboden. „Der beste Spargelboden", sagte ihre Tante aus dem Westen immer.

10

Und setzte hinzu „ist der Bettboden. Da wächst der Spargel direkt in die Dose." So etwas fand die witzig. Und dann packte sie den Sauerkirschsaft und den von Marinas Mutter eingeweckten Spargel in ihren blöden Mercedes. Marina spuckte den Stein aus und fuhr mit einer Hand über die Ligusterhecke. Ihr Vater hatte einen Schlüssel für das untere Gartentor. Sie nicht. Sie stellte den Fuß auf die niedrige Querlatte am Tor, schwang sich hoch, saß einen Moment rittlings auf der scharfen Kante, was weh tat, und schwang sich rüber, ehe sie das Gleichgewicht verlieren konnte. Sie dachte flüchtig an Zwiebeln und Backpfeifen. Zu spät. Von außen kam sie schwer über den Zaun, sie müsste also die Gärten umlaufen, am Sägewerk vorbei, um drei Ecken rum und durch das Vordertor wieder zum Haus. Das dauerte sowieso zu lange, als dass es ohne Ärger abginge. Da konnte sie gleich draußen bleiben und tiefer ins Tal hinunter rennen, durch die Wiese. Das war auch ver-bo-ten. Von Tante Marri, der die Wiese gehörte. Zuerst machte Marina große Sprünge, um nicht so viel zu zertreten, dann warf sie sich ins Gras und rollte seitlich herunter, bis sie einer Kuhle liegenblieb. Himmel und Gras drehten. Das Gras war in den Wochen seit der Heumahd so gewachsen, dass man sie nicht sehen konnte. Wenn sie still liegenblieb. Aber sie dachte nicht dran. Marina stützte sich auf und überblickte die unteren flachen Hänge und kleinen Felder, hinter denen die Raude floss. Jenseits eine mit Getreide bestellte Flanke. Dort lief ein Mann. Marina war zuerst nicht sicher, ob es ihr Vater war. Wenn er den Schlüssel für das untere Gartentor mitnahm, machte er manchmal einen ausholenden Gang durch die Felder. Im Frühling gingen sie zusammen, zu dem Schutthang, auf dem kaum Gras wuchs, aber Huflattich. Marina duckte sich, bis er außer Sicht kam. Über den vernarbten Weg rannte sie, kam außer Atem, lau-fen-lau-fen-lau-fen-lau-fen-lau-fen, Vogelwicken, Hundegebell, ein Knie aus nacktem Sand stieß aus dem Gras heraus, auf das sie sich fallen ließ, zwischen wilden Thymian. Sie riss einen Zweig ab und rieb ihn kennerisch zwischen den Fingern, um das bisschen grüne Schmiere dann an die Nase zu führen, Thymian, ja. Hundegebell. Ein brauner Hund lief auf Marina zu und blieb japsend vor ihr stehen. Asta hieß der und gehörte Tasso aus der Sieben a, Tasso mit braunen Locken, wie der Hund. Der kam natürlich hinterher. Sie hatte den Hund führen dürfen, als sie Wandertag hatten. Ihr Vater sagte, der Hund müsse Tasso heißen, ein echter Hundename, und Tasso sollte lieber einen normalen Namen haben. Marina auf dem Sandknie, von Tasso ertappt. Als ob sie seinetwegen hier wäre! Sie stand auf und wusste nicht, wohin sie jetzt laufen sollte, ohne was zu sagen. Ohne dass es komisch wäre. „Wer am schnellsten bei Steingrübers ist!" Tasso warf einen Stock, der

Hund war zuerst dort, wo der Stock runterkam, an Steingrübers Garten, dann schlug Marina an. Zuletzt Tasso. War der absichtlich langsamer gelaufen? Es kam ihr nicht vor, als sei er außer Atem. Er hängte die Hundeleine über einen Pfahl, nahm Marina am Oberarm und sagte „Wer am schnellsten rennt, ist verliebt." „Du bist gemein." „Und du bist verliebt." Marina wollte ihn wegschieben, aber er schnappte ihr Handgelenk mit beiden Händen und verdrehte ihr die Haut. „Brennessel." „Hör auf, Idiot." Er grinste. „Brennessel". Marina spuckte auf sein Hemd, griff die gefangene Hand mit der anderen und riss ihren Arm ruckartig los. Er fing mit beiden Händen an, sie gegen die Schultern zu schubsen. „Schubb dich selber, Idiot." „Du hast mein Hemd dreckig gemacht, mit Weiberspucke." Der Hund bellte los. Sie stieß Tasso zurück, aber war das nicht falsch, müsste sie jetzt nicht ganz anders? Verliebt! Zurück, zurück, sie stieß ihn gegen Steingrübers Zaun, rannte los, kam Tasso natürlich hinterher, Idiot, ließ Asta einfach an Steingrübers Zaun hängen, der Idiot. Marina rannte und sprang, so weit sie konnte, war jetzt unterhalb des Gartens ihrer Eltern, aber das Tor war zu hoch, um schnell drüber zu kommen, daneben die Hecke war zu dicht, ach was, durch, schieben, Tasso japste hinter ihr, Gestrüpp kratzte übers Gesicht, die Schultern, Dreck, gibt Backpfeifen, gibt es sowieso, sie zog die Beine nach und blieb hinter der Hecke hocken. Fern bellte Asta. Marina sah durch Lücken im Gestrüpp, wie Tasso abzog.

Marina klopfte den Dreck ab, schüttelte den Kopf und fitzte trockene Zweigstückchen aus den Haaren. Sie griff mit einer Hand in die Sauerkirschen und stopfte zwei drei in den Mund. Sie leckte nach dem sauer-süßen Saft auf ihrem Kinn, fing ihn mit der Hand. Ein Sandkorn auf der Zunge. Langsam stieg sie die Gartenstufen hoch. Am Zwiebelbeet bückte sie sich und drehte drei große Zwiebeln aus dem Sand. Sie rochen scharf und nach Moder. Dabei sah sie einen dünnen Faden Blut, der über ihr zerkratztes und staubiges Bein lief. Die Dolde einer Knoblauchblüte schwankte. In seiner kalten Küche öffnete Görsch die vierte Flasche des Tages. Tante Lisbeth betrat das Zimmer, in dem ihre alte Mutter den Regionalteil der „Volkswacht" studierte. Bernd drückte auf die Abspieltaste des Tonbandgeräts, das seinem großen Bruder gehörte, und würde zehn Minuten später von ihm eine Schelle dafür empfangen. Marinas Vater nahm die Zigarre, die der Genosse Schuldirektor ihm angeboten hatte, paffte und betrachtete die Sonnenuhr auf der Seitenfront der neuen Schule. Tasso ließ sich von Asta nach Hause ziehen. Marinas Mutter drehte das Gas runter, setzte sich an den Küchentisch und begann einen Brief an ihre Schwester im Westen. Es war elf Uhr Sommerzeit, und heute würde es kein Gewitter mehr geben.

Die Tage

Ihre Mutter fand alles zu früh. Sie beauftragte Kerstin trotzdem, in der Drogerie einen Monatsgürtel zu erwerben. Kerstin warf Frau Bröder beim Kauf des Dings einen Blick zu, mit dem sie klarstellte, das ginge sie nichts an. Frau Bröder machte den Mund, den sie gerade zu einer mitfühlenden Bemerkung öffnete, wieder zu. Sie war die mitarbeitende Ehefrau des Drogisten. Sie schob die Zellophanpackung über den Tisch, die Binden und hinterher den Beutel Kosmetikwatte, den Kerstin außerdem verlangt hatte. In der leeren Pfarrgasse, leer jetzt, weit nach Schulschluss, setzte sie sich auf eine steinerne Stufe und öffnete vorsichtig die Zellophanhülle. Man konnte sie noch einmal für etwas benutzen. Dann holte sie das Ding raus, das aus schmalen Gurten mit Metallschließen bestand, deren Funktionsweise sie nicht verstand. Es gab ein ovales Teil, das auf einem Gurt hin und herfahren konnte. Abwasser sickerte rechts und links an den Stufen vorbei. „Man macht es in der Unterhose fest", hatte ihre Mutter gesagt. Wahrscheinlich hatten sie das im Mittelalter so gemacht. Sie hörte zwei Stimmen von Jungen weiter unten in der Gasse, steckte das Ding in den Dederonbeutel und rannte die Gasse hoch. Zu Hause stopfte sie es in den Bettkasten und schob sich einen Streifen Watte in die Unterhose. Sie zog die von ihrer Mutter gestrickte dunkelblaue Schlaghose über Oberschenkel und Bauch und betrachtete ihre Finger. Sie waren klebrig. Sie ging die Treppe hinunter in die Badestube und rieb sich die Finger mit der Waschpaste, die unter dem kalten Wasser nur schwer wieder abging. Sie hatte keinen Schlüssel für die Tür. Einen hatte ihr Vater, einen hatte die Oma gehabt. Kerstin wusste nicht, wo der jetzt war. Sie dachte darüber nach, mit welchen Gründen sie ihrer Mutter die Erlaubnis abringen konnte, den Badeofen zu heizen. Am Donnerstag. Mitten in der Woche. Als sie den Abendbrottisch deckte, lächelte ihre Mutter ihr zu. „Geht doch, oder?" Sie nickte und presste die Lippen aufeinander. Ihre Mutter hielt ihr eine Scheibe Wurst hin; sie schüttelte den Kopf und griff nach der Kanne mit dem Pfefferminztee.

Als Tante Gisela am Freitag mit dem Setter zu Besuch kam, schnüffelte der Hund an Kerstins Bein und wollte winselnd an ihr hochspringen. Die Frauen lachten anzüglich. Der Hund hatte es auch gemerkt. Blut. Jaja, aber zu früh. Später musste sie die Tante ins Nachbardorf begleiten, weil die die beiden Eimer mit Johannesbeeren, die ihr Kerstins Mutter gegeben hatte, nicht allein tragen wollte. Sie wohnte mit ihrem Mann in der Schule. Der Hund wurde in einen Zwinger hinter dem Schulgebäude gesperrt und begann sofort, die Reste von Tante Giselas Mittag zu schlingen. Tante Giselas Mann war Schuldirektor, und sie unterrichtete Nadelarbeit und Heimatkunde. Das war langweilig gewesen. Kerstin stellte den Eimer in Tante Giselas Küche ab und durfte aus einer Porzellandose ein Plätzchen nehmen, ehe sie wieder nach Hause ging. „Wie ein Vo-ge-hel zu-hu flie-gen / in die Wolken hi-nein / ja das wär' ei-hein Vergnü-gen / möcht' ein Vo-ge-hel wo-hol sein." Der fade Geschmack des Plätzchens verschwand aus ihrem Mund, den sie beim Singen aufmachte, bis die Mundwinkel beinahe einrissen. Kerstin lief die Huhle hoch. Tante Gisela konnte nicht singen. Aber wenn sie am Klavier saß und zu Unterrichtsbeginn ein Lied anstimmte, hatte trotzdem niemand zu kichern gewagt, weil sie ihrem Direktormann petzte. Kerstin durfte erst recht nicht kichern. Ihr Vater war auch Lehrer, Lehrerkinder wurden gehänselt, weil ihre Eltern gleich Bescheid bekamen, wenn sie auffielen. Von Pädagoge zu Pädagoge. Deshalb bekam Tante Gisela auch ohne Bezahlung die Johannesbeeren. Von Pädagogenfrau zu Pädagogenfrau. Tante Gisela, die Petze. Sie hatte gefragt, wo denn die litzeumrandete Schürze sei, die sie doch gerade erst vor zwei Jahren in Nadelarbeit genäht hatten. Mit der Hand, als ob es dafür keine Maschinen gäbe. Kerstin musste sie in der Schule Frau Schilling nennen. Wahrscheinlich würde sie ihrem Mann erzählen, dass Kerstin die Tage hatte, und er würde wieder so grinsen, wie damals, als Kerstin vergessen hatte, ihn zu grüßen, und er es hinterher ihrem Vater erzählt hatte. Das war ein Hohlweg hier. Links hatten die Leute Müll in die Huhle geworfen. Die Leute, der Müll, die Eichen am Rand der Huhle, und der Mond ging auf. In den Holzlandsagen stand, dass Geister in Eichbäumen ihre Wäsche zum Trocknen aufhängen. Bei Mond. An der Straße nach Eisenberg. Der Mond! Jetzt war Kerstin schon zu nahe an den ersten Wohnhäusern, als dass es für ein ganzes Lied reichen würde, obwohl sie gern alle Strophen von „Der Mond ist aufgegangen" gesungen hätte. Es war kirchlich, sie sollte es eigentlich nicht singen. Ihre Oma hatte es gesungen, wenn sie Dämmerstündchen gemacht hatten. Ihre Oma, die Leiche. Kerstin blieb stehen und schaute zum Mond hoch, „Wie ein Vo-ge-hel zu-hu flie-gen / in die Wol-ken hi-nein". Ihre Stimme war dünn. Wenn sie sich im Chor singen hörte, schien die Stimme klar, kräftig und hoch. Sie strich die Haare hinter die Ohren. Ihre Mitschüler lachten sie aus, wenn sie das machte. Aber die Ohren mussten frei bleiben. Der Pony konnte ein bisschen ins Gesicht hängen. Ehe er auf die Augen reichte, musste Kerstin sowieso zum Friseur. Praktische kurze Haare. Neulich hatte Kerstin ihren Oberkörper in der Glasscheibe der Wohnzimmervitrine betrachtet. Im Dunkeln. Wenn sie die Schultern hängen ließ, sah es aus, als hätte sie einen Busen, wenn sie den Kopf nach vorne schob und die Haare hinter die Ohren, als hätte sie lange Haare. Weil es hinter ihrem Rücken dunkel war. Als es im Haus geknackt hatte, war sie mit einem Schritt in ihrem Zimmer verschwunden, neben der Stube. Sie hatte keinen Busen. Wenn die Ohren frei waren, konnte man hören, was vorging. Früher hatte sie immer das Kissen auf die Ohren gedrückt. Aber so hörte sie nicht, wenn die Tür vom Bücherschrank aufging. Manchmal ging sie von alleine auf. Sie wusste nicht, warum ihr Vater seinen Bücherschrank in ihrem Zimmer stehen ließ. Wahrscheinlich, weil sie die Bücher mal erben sollte. Jetzt kam er immer herein, wenn er ein Buch brauchte. Sie durfte Bücher aus seinem Schrank nehmen. Vor zwei Jahren hatte sie „Wie der Stahl gehärtet wurde" gelesen. Ihr Vater hatte gelacht. Ihre Deutschlehrerin hatte sich aufgeregt, als sie das Buch bei einer Ranzenkontrolle fand. Sie hatte nach Comics und Westkaugummi gesucht. Alle mussten die Ranzen vorzeigen, obwohl die genau wusste, wer so was haben konnte und wer nicht. Sie wusste auch, wer zu Hause Westfernsehen gucken durfte. Kerstin jedenfalls nicht. Pawel Kortschagin musste töten, damit der Tag schneller käme, an dem sie nicht mehr töten müssten. Ihre Lehrerin regte sich auf, als Kerstin es wiederholt hatte. Aber die wusste ganz genau, dass das Buch in ein paar Jahren sowieso durchgenommen würde. Die Ranzen wurden kontrolliert wegen der Gerechtigkeit, wegen der Westcomics und wegen der Fundmunition. In Eisenberg war einem Schüler der neunten Klasse die Hand abgerissen worden, als er einen metallischem Klumpen aus dem Wald in Einzelteile zerlegen wollte. Alle wussten, wo der das Zeug hergehabt hatte und wo die kreisrunden Trichter voll Wasser lagen. Aber es fragte sie niemand. Von der NVA stammte der Klumpen jedenfalls nicht. Pawel Kortschagin, der beim Bau der Eisenbahnstrecke Tonja wiedertraf. Tonja trug eine Pelzmütze und trank im Zugabteil Tee. In einem Coupé. Der Schaffner brachte ihr noch mehr Tee und würde eingreifen, wenn Pawel zudringlich würde. Und Pawel hatte ein altes Unterhemd als Schal um den Hals gebunden und den Flecktyphus überstanden. Tonja, die in einem See schwamm. Pawel, der sich beinahe mit einem Browning erschossen hätte. Absichtlich. Aber er hatte es nicht gemacht. Kommunismus ist gleich Sowjetmacht plus Elektrifizierung des ganzen Landes. Elektrifizierung des ganzen Landes ist gleich Kommunismus minus Sowjetmacht. Als sie den Satz damals im Heimatkundeunterricht umgedreht hatte, hatten alle gelacht. Sie musste bis zur nächsten Stunde aufschreiben, warum Elektrizität für den Sozialismus wichtig war. Heimatkunde war kein richtiges Fach gewesen.

Unter der Bettdecke stellte sich Kerstin tot. Sie lag unter einer dünnen Schicht Erde, und auf den Befehl des Anführers aller Toten stand sie auf, ging durch die Tür und musste auf dem Schulhof zum Appell antreten. Wind kam in ihr Nachthemd. Kerstin klemmte das Nachthemd zwischen den Beinen fest. Die Toten froren und stellten sich taub. Kerstin sah auf der anderen Seite des Schulhofs ihre Oma. Sie winkte ihr zu. Der Anführer brüllte, Winken sei verboten. Anscheinend wunderte der sich gar nicht, wie ihre Oma auf den Schulhof kam. Sie war aber doch kein Arbeiterveteran. Sie trug auch kein Nachthemd, sondern undurchsichtige braune Strümpfe, Schürze überm Rock und eine dunkelblaue Bluse mit kleinen Punkten. Wahrscheinlich würde man ihre langen rosa Schlüpfer sehen, wenn der Rock hochgeweht würde. Kerstin ließ den Anführer den Appell auflösen und ging wieder durch die Tür unter die Erde zurück. Auch hier war es kalt. Kerstin stellte die Knie auf, klemmte das Nachthemd fester, so dass es die Beine ganz straff umschloss, und kippte sich zur Seite. Jetzt war das Federbett hinter ihrem Rücken wie ein Wall. Sie hörte die Stimme der Fernsehansagerin in der Stube. Ihre Eltern hatten den Fernseher geerbt. Manchmal stellte Kerstin sich hinter den Türspalt und beobachtete, was auf dem Bildschirm geschah. Als sie mit ihrer Mutter bei deren Schwester zu Besuch war, hatte sie einen Horrorfilm gesehen. Mit ihrer Cousine. Sie hatten auf dem Sofa gesessen und die Leberwurstschnitten gekaut, die vom Abendbrot übrig waren. Sie waren allein im Haus, und ihre Cousine stellte den Westen ein. Geister von Toten hatten sich der Körper eines jungen Liebespaares bemächtigt. Bemächtigt. Eine schwarze Flüssigkeit sickerte durch die Wände des Hauses, in dem das Liebespaar wohnte. Und je mehr Flüssigkeit kam, desto verrückter wurde der Mann. Aber er war es nicht selbst, der die Frau bedrohte, sondern die Geister, die in seiner Brust steckten. Der Empfang war schlecht, „Grießel" sagte die Cousine zu den flimmernden Körnchen auf dem Bild. Nach dem Abspann gingen die Mädchen in die Bodenkammer, in der sie zusammen schliefen, wenn Kerstin und ihre Mutter zu Besuch waren. Die Kammer war klein, und zwischen den beiden weiß gestrichenen Betten war nur ein halber Meter Platz zum Durchgehen. Sie legten sich gemeinsam in das Bett der Cousine. Das Fensterkreuz stand schwarz vor dem Himmel, der vom unsichtbaren Mond erleuchtet war. Ihre Cousine sagte, erstens gebe es keine Vampire, und zweitens kämen sie nicht an dem Kreuz vorbei. Deshalb hätten die Fenster ja ein Kreuz. Und nicht Streifen. Dann zog sie den Rock ihres weiten Nachthemds über die Beine

16

von Kerstin und stopfte ihn hinter deren Rücken fest. Darüber die Federbetten, oben die Kissen wie ein Nest. Unten steckten sie die Füße in die Bezüge der Federbetten. Kerstin sah starr zu dem Kreuz. Als sie aufwachte, war das Fensterkreuz weiß vor einem grauen Licht, und die Cousine war weg. Kerstin öffnete die Kammertür, warf einen Blick auf die Bretter, die den Boden bedeckten, und sprang die neun hölzernen Stufen runter. Wenn sie die Tür schnell genug aufbekam, war der Schrecken weg, und sie würde sie sich bestimmt auch keinen Schiefer in die nackten Füße ziehen. Sie schaute die Treppe noch einmal hoch, um sich zu vergewissern, dass der Boden leer war. Er war leer. Wenn sie gewaschen und angezogen war, würde sie die Treppe ganz gelassen hinaufgehen und die Betten machen. Wie in ihrem Zimmer zu Hause. Nur, dass sie dort auf die Tür des Bücherschranks achten musste.

Am Samstag machte Kerstin den Karnickelstall sauber. Die äußere Stalltür war bloß angelehnt. Die Läufe trommelten wieder einmal panisch über den hölzernen Boden der Buchten. Dann Stille. Dann wieder das Trommeln. Vielleicht war die Katze drin gewesen. Kerstin ging nicht gern in den Stall, seit ihre Oma eine Leiche war. Sie nahm eines der kleineren Tiere auf den Arm, um es nach draußen zu bringen, wo auf dem Gras mit einem beweglichen Zaun ein Flecken abgesteckt war. Ihre Oma hatte früher hier Hühner gehalten; jetzt wuchs Gras. Sie hatten es gesät, nachdem sie die Hühner abgeschafft hatten. Sie hatten erst umgraben müssen. Die Erde war von den Hühnern verdorben gewesen, und ihre Mutter hatte die Hühner einzeln verkauft. Die Nachbarinnen, die dabei billig zu Hühnerbrühe kamen, suchten sich eins aus, und Kerstins Mutter hatte den Hühnern mit einem kleinen Beil die Köpfe abgeschlagen. Sie fielen neben den Hackklotz, rund mit einem steifen rotem Kamm. Ihre Mutter mochte die Hühner nicht, weil sie an den toten Resten von ihresgleichen herumpickten. Im letzten Sommer war das. Die letzten drei Hühner hatte ihre Familie für sich behalten. Sie wurden auf einmal geschlachtet, weil man kein einzelnes Huhn halten kann. Den größten Teil des Fleischs und der Brühe hatte ihre Mutter eingeweckt. Tagelang hatte der Geruch der Brühe im Haus gehangen, und beim Mittagessen hatte ihre Mutter ihr ein paar von den winzigen Eiern, die sie im Bauch der Hühner gefunden hatte, in die Nudelsuppe getan, gelbe Kugeln mit einer zartgrauen Haut. Kerstin machte die Stalltür hinter sich zu. Sie setzte das Tier in das Gatter. Im letzten Sommer war sie die paar Holzstufen zum Heuboden raufgestiegen. Damals hatten die Karnickel auch getrommelt. Vielleicht war die Katze drin gewesen. Sie war auf die Jungen scharf. Außerdem liebte die Katze das Heu, und zu Kerstins Aufgaben gehörte es, zu kontrollieren, dass die Katze nicht hinging und das Heu eindreckte. Neben den Zwiebeln und dem Knoblauch, die zum Trocknen an die Balken des Heubodens gehängt waren, hing etwas Großes vor dem Licht, das durch die Sparren schlug. Dunkles. Sie konnte es nicht erkennen, wusste aber sofort, dass sie da nicht hin gehen würde. Sie dachte daran, wie ihr Vater ihr manchmal Angst machte, wenn sie auf dem Boden etwas holen sollte. Er sagte: „Wenn einer in der Ecke sitzt und sagt, du sollst ihm das Auge auswischen, darauf musst du nicht achten. Das machst du einfach nicht." Der kalte Luftzug, der durch ihre Kehle fuhr. Kerstin krümmte die Finger. Sie waren nass und kalt. Daran hatte sie die dunkle Figur erkannt, an der Hand mit den beiden Eheringen. Der weitere Ring saß oben, zur Hand hin, von dem engeren gehalten, damit er nicht rutschte. Kerstin war die Treppe rückwärts gegangen. Sie behielt das fest im Auge. Der Abstand vergrößerte sich kaum. Sie versuchte, rücklings mit der Hand die Stalltür zu öffnen, die zugeschlagen war. Es ging nicht gleich, und sie erstickte fast, während sie sich herumdrehte und sich selbst sah, in der Tür, jenseits der Tür, im Haus. Die Haustür zumachen. Die Küche. „Zieh dir im Haus Schuhe an!" An dem roten Plastesieb unterm Wasserhahn hing ein Tropfen. Er schwoll. Gleich würde er in den Ausguss stürzen und zerplatzen. „Zieh Schuhe an, du erkältest dich." Sie machte einen großen Schritt auf dem Steinfußboden. Die Küche drehte sich ganz langsam. „Oma ist auf dem Heuboden. Ihre Zunge hängt raus." Kerstins Mutter ließ die Kartoffel, die sie gerade schälte, fallen. Aber das Messer hielt sie fest. Kerstin sieht ihre Mutter mit schwebenden Sprüngen über den Hof laufen, ihr Dutt löst sich auf, Kerstin ist hinter ihrer Mutter, die hat das Messer in der Hand, schreit, Kerstin hinter ihr, Kerstins Mutter auf der Stalltreppe, sie schneidet die Leine durch, die Sonne in flirrenden Streifen und Heustaub, der Körper schwer, das bisschen Heu auf den Balken, das Genick bricht, denkt Kerstin, oder ist das jetzt egal? Die Beine knicken nicht ein, der lange rosa Schlüpfer wie ein großer Phlox in dem Heu. „Zu Martel, sie soll in der Ambulanz anrufen!". Kerstin rennt los. Martel hat ein Telefon. „Sie hat sich aufgehängt, Tante Martel!" Oh Schrecken oh Verlegenheit, Martel wählt 115, ein Unfall? Kerstin schüttelt den Kopf, ihre Mutter drüben ohrfeigt die Oma, schüttelt ihre Schultern, presst ihr den Atem zwischen die Lippen. Aber die öffnen und schließen sich nicht mehr. Nur das Gebiss rutscht heraus. Martel wählt noch 110, ein Unfall? Kerstin schüttelt den Kopf und weiß nicht, warum, vielleicht ist es ja ein Unfall gewesen. Martel will sie schütteln, da kommen sie mit Blaulicht, da braucht Martel nicht erst die Gardine wegzuschieben, so groß ist die Straße nicht, Martel weiß Bescheid, Kerstin geht rüber, Martel rennt vorbei, Martel schiebt die Leute auf den hinteren Hof, zum Stall, die Mutter kniet und versucht es mit Herzmassage. Die Zwiebelbündel am Balken schwanken. Das ist jetzt eine offizielle Sache. Die können das Blaulicht ausmachen. Männer tragen die Oma ins Haus und legen sie auf das Bett in dem hinteren Zimmer. „Wo ist Ihr Mann?" Auf einem Gang, sagt die Mutter. Es ist Sonntag. Die Oma, ihre Leiche, muss im Haus bleiben. Leichenträger haben auch mal frei. Er, der Vater, kommt von seinem Gang. Martel will sich verabschieden. Sie muss Mittag machen. Erst trinkt sie noch den Schnaps, den der Vater ihr hinstellt. Wodka aus Moskau. Kerstins Mutter nimmt eine Decke und geht, um sie über ihre Mutter zu breiten. Die Decke ist aus brauner Wolle und kratzt. Kerstin hält ihre alte karierte Mittagsschlafdecke hin, aber die Mutter schüttelt den Kopf und öffnet das Fenster. Kerstins Vater sitzt stumm am Tisch. Die Polizisten trinken keinen Schnaps. Dann macht der Vater wieder einen Gang. Er geht zur Post, und Kerstin geht mit. Die Postfrau wird aus ihrem Nachmittagsschlaf geklingelt und muss drei Telegramme versenden. Kerstin schreibt sie mit sauberen Blockbuchstaben. Der Vater steht in der Zelle und telefoniert. Am Abend darf Kerstin auf dem Wohnzimmersofa schlafen, weil ihr Zimmer über dem Zimmer der Oma ist. Über dem Bettzeug liegt die karierte Decke, und die Oma hat nur die braune Decke, die kratzt. Als Kerstin am Morgen die Treppe heruntergeht, sieht sie, dass ihre Mutter den Flurspiegel zugedeckt hat. Sie muss auf der letzten Stufe stehenbleiben, denn jemand stößt die Tür der unteren Stube auf.

In den roten Augen des weißen Kaninchens spiegelte sich nichts. Kerstin schleppte noch zwei ins Freie. Dann nahm sie das alte Stroh mit den Köttelchen aus der Buchte, fegte über den Holzboden und legte neues Stroh unter. Sie stopfte Heu in die Raufe und tat Kartoffelschalen in den Napf. Es war noch genug Heu und Stroh in den Körben, so dass Kerstin nicht auf den Boden gehen musste. Dann wartete sie ein bisschen, brachte die Karnickel zurück und holte die nächsten drei. Insgesamt waren es neun, eins nur weiß. Heute brauchte sie den Tieren keine Butterstöcke mehr zu bringen. Als die letzten drei im Freien saßen, trug sie zwei Eimer Bruchkohlen in die Badestube und heizte den Ofen. Rotes Apfelblütenbad, eine Wanne warmes Wasser, bis oben und nur für sich. Den Kaltwasserhahn aufdrehen, bis etwas Wasser kommt. Ihn locker zudrehen. Dann draußen die letzten Karnickel in den Stall bringen, ehe es kühl wird und Tau fällt. Wenn sie nasses Gras fressen, werden sie krank. Im Stall war es dämmrig, und Kerstin schob beim Hinausgehen den langen Holzriegel vor. Bevor sie in die Wanne stieg, öffnete sie die Tür des Badeofens und legte etwas Holz und reichlich Kohlenbrocken nach. Sie hockte da und starrte auf die Flammen. Wie der Urmensch in „Weltall, Erde, Mensch", bloß dass der keinen Ofen hatte. Der Badeofen wurde heiß und summte. Kerstin rief die Treppe hoch, dass sie jetzt in die Wanne gehe. Sie legte den gebrauchten Wattestreifen, an dem heute kein Blut mehr haftete, auf die Glut. Fünf Minuten später, während das warme Wasser an ihrem Bauch hochstieg, lehnte sie sich noch einmal über den Wannenrand, fingerte die Ofentür auf und schob drei ganze Briketts hinterher. Die Briketts neigten zum Rutschen. Etwas Glut fiel auf die Blechplatte vor dem Ofen. Tropfen fielen von ihrem Arm und zischten in einem scharfen Dampf auf, als sie die Glut trafen. Mit dem Haken die Innentür zumachen, die Außentür zuschlagen und sie festschrauben. Nur die untere Klappe blieb ein Stück offen für den Zug. Dann drehte sie den Kaltwasserhahn ab, nahm den Schwamm, ließ ihn voll heißes Wasser saugen, drehte auch das heiße zu und presste den Schwamm unter Wasser auf ihren Bauch und die Stelle, wo ein Rest Watte hing, die aussah wie eine sehr kleine Qualle. Wie sie sich Quallen vorstellte, nach dem Reden ihrer Cousine, die schon zweimal an der Ostsee gewesen war und die Quallen eklig fand. Kerstin wusste nicht genau, wie sie Quallen finden würde. Sie horchte auf das Knacken der Haustreppe, um beim Eintreten ihrer Mutter ungefährliche Stellen waschen zu können. Voriges Jahr waren Männer mit einer Trage durch den Flur geschwankt. Kerstin im Nachthemd hatte auf der untersten Treppenstufe gestanden, sich schnell vorgebeugt und die braune Decke weggezogen. Die Augen geschlossen, das Gesicht weiß. Kerstin auf der Treppe verstand, ihre Oma hatte es mit Absicht gemacht. Kerstin in der Wanne hielt die Luft an, tauchte so lange es ging, kam wieder hoch, wusch sich die Haare, ließ noch mehr heißes Wasser nachlaufen, drehte ab und blieb steif liegen, die Hände rechts und links fest unter die Achseln gesteckt. Wie immer behielt sie die Augen offen, bis sie ihr vor Müdigkeit zufielen und sie in einen feuchten oberflächlichen Schlaf kam. Als die Mutter die Badtür öffnete, riss Kerstin die Augen auf, rutschte in der Wanne, schluckte Wasser, kam hoch, drehte sich auf das linke Knie herum, begriff, die mit Kreuzstichen bestickte Schürze vor ihrem Gesicht, zuerst nichts und presste das Gesicht gegen den mütterlichen Bauch. Beinahe hätte sie ihre Mutter gefragt, ob es vielleicht möglich sei, die Kaninchen in diesem Jahr nicht zu schlachten. Aber so fragten Kinder.

Was ihr für nichts gegeben wurde

Natürlich ist das Portemonnaie so gut wie leer. Es steckte zwischen Sitz und Wand des Busses und sah gut aus. Wie damals, nur habe ich es diesmal unauffällig in meinen Rucksack gleiten lassen. Jetzt liegt es auf dem Tisch. Auf dem weißen Tuch, das am Rand ausgefranst ist, neben dem Wasserglas. Die Blume, die drin steht, hat ihre Blätter schon völlig geöffnet. Morgen ist sie hin. In der Kaffeetasse daneben trocknet langsam der Satz.

Damals hätte ich zugreifen sollen. Richtig zugreifen. Einstecken, aussteigen. Nicht die Fundsache im Bus aufmachen. Zwei West-Hundertmarkscheine, große Scheine von unserem Geld, und hinter der Klappe fürs Kleingeld steckten viele Münzen. Und dann traf der Blick dieses Mannes auf meine Hände, und ich brachte es dem Busfahrer. Er tat so, als ob er es ungern nähme. Wär ein Extraweg, sagte er. Zum Fundbüro auf dem Betriebshof. Gab keine Quittung. Typisch für mich. Und das hier ist leer. Keine Handvoll Münzen. Das Tischtuch ist voll Tabakflusen, die beim Drehen vom Blättchen fallen. Nach drei Zügen bilden sich schon braune Streifen am Mundstück.

Rauchen unterdrückt Gefühle. Sagt meine Therapeutin. Aber es ist geil. Den Rauch langsam durch den Mund in die Lunge ziehen, tief, und wieder rauslassen, warmes Gefühl auf der vorderen Mittelachse.

Das Fach, in dem Scheine stecken sollten, ist auch leer. Ein Einkaufszettel. Wenn es nach dem Zettel geht, war der Einkauf beendet. Die paar Münzen reichen für nichts mehr. Eine Kundenkarte ohne Bezahlfunktion, bloß Rabatt. Ein gelber Ausweis. Den Rauch langsam durch den Mund reinziehen. Was für ein Ausweis? Verein der Freunde des Botanischen Gartens. Jahresausweis. Ein Name. Den Rauch langsam wieder rauslassen, richtig rauslaufen lassen. Christine Minthe. Und eine BVG-Karte. Gilt noch den ganzen Monat. Aber der Monat ist morgen zu Ende.

Wenn ich etwas finde, ist nichts Brauchbares drin. Nie war etwas Brauchbares in den Dingen, die ich umsonst bekam.

Die Glut frisst sich an meine Finger heran. Ich muss noch einen Kaffee trinken. Wenn das kochende Wasser durch das Kaffeepulver sprudelt, wünsche ich mir, den heißen Kaffee überlaufen zu lassen, über den Tassenrand, über die Spüle, auf der die Tasse steht, über meine Hände, die rot werden. Und dick. Und Spuren vom Kaffee bleiben zurück wie nass gewordene

Asche. Ich lasse den Kaffee nie über meine Hände laufen. Es tut ja nicht weh. Es befriedigt nicht richtig. Ein kleiner Schnitt dagegen schon. Aber ich schneide mich auch nie mehr. Ich rühre um. Sachte, sachte. Ich lasse den Löffel in der Tasse nicht klappern. Meine Therapeutin lässt den Löffel klappern. Und Gerlinde, ehe sie mir wieder eine Anweisung gibt. Immer trinkt Gerlinde Kaffee, wenn sie Anweisungen verteilt. Und wenn sie Rüffel verteilt. Wenn eine Abrechnung falsch war. Wenn eine Tochter sich beschwert hat. „Meine Mutter sieht immer trockener aus. Sagen Sie der Pflegerin, dass meine Mutter mehr trinken muss." Schwester Gerlinde sagt es mir. Aber die alten Leute wollen nicht trinken. „Frau Giesbrecht hat mir mitgeteilt, dass sie wieder drei Getränkeportionen auf dem Tisch ihrer Mutter vorgefunden hat." Wenn man nicht dabei stehenbleibt, trinkt die alte Frau Giesbrecht ihr Wasser, ihren Saft, ihren Pfefferminztee eben nicht. Fünfundzwanzig Minuten bei Frau Giesbrecht. Ich kann länger bleiben. Fünf Minuten. Das gibt auch Rüffel. Oder Ärger mit den anderen. Wir sollen. Rasch mal durchputzen. Alles rasch mal durchmachen. Einmal rasch durchleben. „Sie können schon immer ein Auge haben, dass Frau Giesbrecht ihre Portionen trinkt."

Am liebsten wäre es den erwachsenen Kindern, würden wir ihre Eltern morgens und abends einfach gießen. Die erwachsenen Kinder sind berufstätig, was denkt sich da die Schwester. Voll berufstätig. Die erwachsenen Kinder verdienen die nötigen Portionen Wasser und Nährstoffe. Bitteschön! Und die Alten müssen sie nur zu sich nehmen.

Aber Frau Giesbrecht will kein Wasser und keine Nährstoffe mehr. Sie will langsam immer trockener werden, immer leichter, sie will einfach vergehen. Wie eine Pflanze, die ihr Alter erreicht hat. Dann vertrocknet sie. Da kannst du gießen und gießen. In den Blättern kommt nichts mehr an. Höchstens verfaulen die Wurzeln.

Mir tun meine Wurzeln weh.

Der Kaffee muss so heiß sein, dass der Dampf den Gaumen gerade nicht mehr verbrüht.

Die gelbe Mitgliedskarte sieht neu aus. Wenn man Christine Minthe heißt, hat man gleich ein anderes Leben. Man steht morgens auf, geht auf den Balkon, im Schlafanzug, barfüßig. Auf dem Balkon von Christine Minthe liegt natürlich ein Sisalteppich. Falls er kratzt, kratzt er gut. Anregend. Christine Minthe hebt die Arme nach oben und beugt sie seitlich, rechts und links. Bis die Rippen auseinandergezogen werden, ganz leicht, nichts tut weh.

Man braucht keine Karte für den Botanischen Garten, wenn man einen Balkon hat. Ich habe keinen Balkon. Ich gehe nie in den Botanischen Garten. Jetzt ist es drei. Dienstschluss war zwei. „Mai bis Juli 9 bis 21 Uhr".

Ich bin so müde, dass ich sterben könnte. Es ist Juli. Die Frau Nadler war heute verwirrter als gestern. Wenn sie von ihrer Jugend anfängt, ist sie einen Moment klar, richtig durchsichtig. Als ob kein Wort falsch sein könnte. Und dann geht sie rein. In ihre Jugend. Da wird sie wieder trüb. Dichter Nebel. Der Verlobte, von dem sie redet, ich glaube nicht, dass der mit ihr verlobt war. „Du bist auch bloß so eine." Sagt sie einmal zu mir. „Sieh dich bloß vor!" Ich soll es nicht treiben. Wie sie. Sagt sie. Alles aus diesem Nebel heraus. Alles trüb um sie rum. In ihrer geputzten Wohnung. Heimlich putzt sie ihre Wohnung. Ich weiß manchmal nicht, was ich noch putzen soll. Sie stemmt sich aus ihrem Sessel hoch und putzt. Wenn wir nicht da sind. Soll sie. Wenn sie kann. Sie könnte auch mitgehen, wenn ich ihr bisschen Zeug einkaufe. Wenn sie zum Putzen hochkommt, kommt sie auch bis zum Supermarkt. Auf der Straße. Ist doch wahr. Sagt sie. Treibt sie sich nicht herum. Früher, sagt sie, stand sie auf der Straße. Sagt sie nicht. Nicht so. Als es nicht mehr ging, ist sie putzen gegangen.

Putzen tut sie, rausgehen nicht. Putzen muss sie nicht. Sie kriegt geputzt. Ich soll es nicht an mich ranlassen. Sagt meine Therapeutin. Guter Hinweis. Herzlichen Dank. Frau Nadler schaut mich von der Seite an, aus faltigen Schlitzen, hinter denen sie ihre Augen versteckt. Wie ein Reptil. Sie ist verwirrt.

Wenn der Dienst vorbei ist, bin ich so müde. Es ist Sommer. Ich muss hinausgehen. Ich könnte die Karte vom Botanischen Garten nehmen. Ein halbes Jahr noch. Oder nicht. Christine Minthe wird einen neuen Mitgliedsausweis beantragen. Ob sie sich merken, wer mit welchem Ausweis. Wahrscheinlich muss man ihn nur hochhalten. Hochhalten, durchgehen. Warum nicht heute.

Es ist warm. Der Tag riecht wie frisches Brot. Wie damals, wenn ich in der Schlange stand und auf das Dreipfundbrot wartete. Ich hätte ein Zweipfund und ein Einpfund genommen. Wenn es nach mir gegangen wäre. Das Einpfund war rund. Zwei, Drei und Vier waren lang. Ich rauche noch eine. In der Schlange standen nur Kinder. Manche kauften zwei Brote. Die Brote waren warm, und auf dem Weg nach Hause brauchte ich alle Kraft, um nicht die Kruste aufzubrechen. Deshalb bin ich am liebsten allein Brot holen gegangen.

Wenn ich mit Antje ging, sah ich zu, wie sie ein Stück von der Kruste ihres Brots abbrach und aufaß. Ich hatte ein Brot. Aber auch Angst. Ich verbaue mir jeden Genuss. Sagt die Therapeutin. Ich könnte jetzt gehen und dabei rauchen. Wahrscheinlich ist das wieder falsch. Ich gehe jetzt. Ich muss nur die Sandalen. Und den gelben Ausweis in mein Portemonnaie fummeln. Hinter das Fenster aus Plastikfolie. Als ob er schon immer da steckte. Wo nur dieser Zettel steckt. Aus einem Glückskeks. Prosperity and success soon. Warmes Brot. Typisch für mich. Schlichtes Gemüt. Kein Mensch bäckt heute mehr Vierpfundbrot.

Die Haustür geht leicht auf. Im Winter klemmt sie. In Berlin haben sie überall Eisentüren. Die arbeiten das ganze Jahr. Man sagt immer, dass Holz arbeitet. Eisen arbeitet auch. Aber das sagt nie jemand.

Jetzt kommt der Bus. Ich fahre oben. Sogar oben hinten. Immer oben hinten. Obwohl dort oft. Aber egal. Natürlich muss einer kommen und sich breitbeinig hinsetzen. Ich schaue nicht hin. Habe ich eigentlich alles. Ja. Das wäre typisch. Kaum wird mir mal was geschenkt. Verliere ich es, wird es gestohlen, verlassen mich die Dinge.

Im Bus ist immer alles so nah. Ich soll in den Bauch atmen. Den ganzen Tag kann ich mich damit befassen. In den Bauch zu atmen. Was da alles reinkommt. Kommt mir Herr Weiland wieder so nahe. Ich denke. Wenn sie achtzig sind, könnten sie doch die Lust verlieren. Aber bei manchen kommt sie erst richtig. Bei Herrn Weiland. Gleicher Jahrgang wie Herr Steiniger. Aber der Herr Steiniger muss sich selber pflegen. Falls er noch lebt. Sollte ich mal rausfinden. Sagt meine Therapeutin. Ist aber überflüssig. Wenn Herr Steiniger stirbt, werde ich es früh genug erfahren. Oder nicht. Wenn ich meinen Namen ändern ließe. Stein. Würde ich Stein heißen. Wenn sich das noch. Lohnt. Stein wäre gut. Im Berliner Telefonbuch gibt es achtmal Stein, Sabine. Und einmal Stein, S. Also neun oder zehn. Dann. Mit mir. Alle ohne Straße.

Wenn ich nicht alles einatmen will, soll ich es ausatmen. Sagt meine Therapeutin außerdem. Das sind Emissionen. Ob man will oder nicht. Ich atme aus. Die im Bus atmen ein. Wo soll ich das hinatmen, was aus meinem Bauch kommt? Aus meiner Lunge. Die Neurose. Sie sagt, ich habe keine Neurose. Keine richtige. Ich bin nur neurotisch.

Steiniger, Sabine gibt es im Berliner Telefonbuch gar nicht. Die wollen nicht rein. Bei Steins kann man untertauchen.

Der Breitbeinige kratzt sich. Was der da abkratzt. Auch eine Emission. Ich steige aus. Die Deponie fährt weiter. Jetzt. Gutgut. Welche stehen am Eingang. Ich gehe vorbei. Nicken, lächeln, hochhalten. Hochhalten. Durch. Die hebt nicht mal die Brauen. Trägt auch keine Uniform.

Das ist der Hauptweg hier. Die bunten Beete. Und so weiter. Aber ich gehe links. Zwischen links und Hauptweg ist eine Senke. Eine Senke mit See. Es riecht nach Brot. Meine Therapeutin sagte, es ist gut. Zwischen Pflanzen herumzugehen. Als ich sie einmal gefragt habe. Wo sie meine Emissionen lässt. Manche Emissionen gehen in die Taschentücher. Jede gute Therapeutin legt Taschentücher hin.

Es kann hier eigentlich nicht nach Brot riechen. Sie geht in den Park. Einen Balkon hat sie nicht. Was sie von mir eingeatmet hat, atmet sie im Park aus. Es düngt den Efeu. Sagt sie. Wie das geht. Und am Weg sind Sträucher. Heißen Geißblatt. Aber sie duften nicht. Noch nicht. Ich höre die Straße. Und rechts der See. Und ein Strauch mit rosa Blüten, sehen ganz leicht aus. Als wäre zu viel Luft drin. Indigofera. Sollte das nicht blau. Dunkelblau wie Haschischgeruch. Ich folge dem rechten Weg an der Gabelung. Aber die Straße höre ich überall. Zwischen der Straße und mir Rosenbüsche, ganze Bäume, in denen einzelne Rosen hängen. Habe ich so etwas, nein, nie habe ich so etwas gesehen. Die Stämme sind grau. Zerrissen. Sie wachsen weiter, ganz zerrissen. Ich gehe. Vorbei. Ziegelsplitt unter den Füßen, Gras, das in den Weg hinein wächst. Unter meine Füße wächst. Ich darf nicht drauftreten. Dass die Emissionen das Gras noch nicht umgebracht haben. Und die Fußtritte. Die Wiese hat ein Schild. Man darf sie nicht betreten. „Trittgeschützte Fläche mit hoher Artenvielfalt".

Bei den Menschen ist die Artenvielfalt nicht hoch genug. Oder. Kann sein. Menschen. Dort hinter den Bäumen. Ein Hügel, halb verdeckt von diesen Buchen. Von einer Buche, deren hängende Zweige den Boden berühren. Unter denen ich stehe. Handtellergroße Blätter.

Wir hören die Straße noch. Die Luft ist heiß und klar. Eine Frau schneidet Gestrüpp. Am Hügel. Der Hügel heißt: „Dinarisches Gebirge". Im Dinarischen Gebirge geht ein Mann und bügelt den Weg. Maschinell. Man muss nur ein paar Bäume weitergehen. Schon sieht man ihn nicht mehr. Hier ist ein Garten für Giftpflanzen. Äpfel, an denen du dir die Finger zerstichst, wenn du ihre zerplatzten Schalen umdrehst. Die Form erinnert immer noch an Äpfel, auch wenn sie ganz vertrocknet sind. Wenn du sie mit einer Hand umdrehst, fallen dir die giftigen Kerne in die andere. Aber du sollst nicht stehlen. Sie haben kleine Totenköpfe an den Namensschildern angebracht. Und einen Wasserspender aufgestellt. Dunkelblau wie der Rausch. Guten Tag, du mein Déjà-vu. Mein Agnus-castus. Ich lege mich auf eine Bank. Hier höre ich die Straße beinahe nicht mehr. Hinter einer Mauer aus Bäumen und einem Vorhang aus Licht. Entfernt klappt der Schritt des Gehwegbegradigers. Ich bin so wach. Ich dachte: Ich lege mich hin zum

Sterben. Und Ameisen tragen mich in kleinen Stücken fort. Da ist schon ihre Hand auf meiner Schulter. „Bist du's, Christine?"

Milchkaffee

Sie zog an der Zigarette und sah ihn über die Brille an. In ihrem Bauch ganz unten spürte sie einen komischen Schmerz. Da saß es. Es bestand aus einem kleinen Haufen Zellen, der sich unablässig vergrößerte, weil die Zellen in rasender Teilung begriffen waren. Trotzdem war alles mikroskopisch klein. Wenn es überhaupt da war. Aber es war da. Sie klappte die Augenlider runter und wieder hoch, sie hielt die Zigarettenhand weg und nahm die Kaffeetasse. Es war noch ziemlich zeitig, das Café war aber schon voll, um elf, jetzt also, sie spielten ein Klavierkonzert, sie schob ihr Frühstück weg. Er sah auf den Tisch, auf die Reste des Frühstücks, blendete seine dann in ihre Augen, als er erklärte, sie sei ihm unheimlich vorgekommen, das habe ihn gereizt. Er hätte sie ja immer im Vorbeirennen gesehen oder in der Bibliothek. Sie dachte, ob sie nicht lieber ein bisschen klirrenden Pop auflegen könnten, um diese Tageszeit-
„Und? Ich höre."

Er habe sie manchmal mit ihrer blonden Kollegin gesehen, die über frühe Flugblätter doktorierte. Bei den Linguisten. Er habe sie für ein Pärchen gehalten. Sie grinste und strich die Haare so aus dem Gesicht, dass sie als eine glatte kurze Gardine wieder zurückfielen. Ihr Herz schlug sehr schnell und stockte manchmal. Sie hatte die Kontrolle verloren. Sie fühlte es wie eine harte Faust unter, ja: eigentlich unter ihrem Bauch. Eine verarbeitete Hand oder so etwas. Mit rissiger Haut auf dem Handrücken. Sie schlug wieder mit den Augen und lächelte. Das war natürlich Unsinn, das mit der Faust. Es war winzig, und es würde nicht größer werden, das kam gar nicht in Frage. Die Universität war ein Labyrinth. Sie tauchte in eleganten Kurven in seine Tiefen, rannte knapp an Kollegen und Studenten vorbei, verletzte deren Luftraum mit ihrem Parfüm und ließ niemals die Bücherstapel fallen, die unter ihren Armen klemmten. Ihren eignen Luftraum sicherte sie mit scharfen Blicken. Sie setzte sich am zeitigen Vormittag an einen Tisch in der oberen Etage der Bibliothek, ganz vorn an einer Wand, also mit Blick zur Wand, links von sich ein Fenster mit Blick in den Innenhof, in dem eine zerrupfte Kiefer stand, jedenfalls war sie auf ihrer Augenhöhe zerrupft, und auf dieser Augenhöhe wuchsen graugrüne Sträucher in den verwilderten Pflanzschalen des Dachgartens, der an dieser Stelle praktisch nie begangen wurde. Keine Menschen im Blickfeld, so konnte sie am besten arbeiten.

Rechts von ihr war das Regal mit ihrem Lieblingshandbuch. Sie konnte ihre Gedanken nicht stillhalten, jetzt.

„Bitte?"

Er habe wissen wollen, wann es ihr denn aufgefallen sei, dass er sich immer neben sie gesetzt hatte, in der Bibliothek. Sie wusste es nicht mehr. So etwas konnte man nicht öfter als dreimal für Zufall halten. Ihr war auch aufgefallen, dass er nicht an einer bestimmten Sache gearbeitet hatte. Sie konnte jedenfalls keinen inneren Zusammenhang in seiner Lektüre erkennen. Er hatte immer nur ein Buch vor sich, nie einen Stapel. Mal las er Kafka, mal Foucault. Das passte noch. Dann las er Romane aus dem neunzehnten Jahrhundert. Dann blätterte er in einem Bildband über die Manesse-Handschrift. Ein anderes Mal las er in einem der Handbücher, die sie häufig benutzte. Spätestens ab dem dritten Mal hatte sie sich seine Bücher immer genau angesehen. Er machte sich Notizen auf sehr kleinen Karteikarten, in sehr kleiner Schrift, und wenig. Sie dachte, dass er wohl Philosophie studierte. Er kam ungefähr jeden zweiten Tag, er kam später, wenn die Bibliothek schon ziemlich voll war und die zweiten Plätze an den Tischen belegt wurden. Es nervte sie. Es gefiel ihr. Er blieb meistens nur kurz, ein oder zwei Stunden. Sie sagte jetzt, sie wisse nicht mehr genau, wann es ihr aufgefallen sei. Kurz vor Weihnachten vielleicht, was gelogen war. Im neuen Jahr hatte sie ihm einen Zettel hingelegt, auf dem stand: Warum immer hier? Er schrieb drauf: Lieber im rosa Salon. Richtig, Kaffee. Sie blickte sich nach der Serviererin um, damit sie noch einen Milchkaffee bestellen könnte. Ihr war kalt, ein Milchkaffee war wie eine heiße Suppe. Das Konzert brach ab, endlich, sie legten was andres auf. Sie sagte, sie habe ihn immer für einen Philosophiestudenten gehalten, seiner winzigen Karteikarten und seiner schwarzen Pullover wegen. „Es ist ein Klischee." Sie hatte das Gefühl, die Distanz nicht wahren zu können, sie hatte sie genau genommen schon verloren. Informatik, sagte sie, sei im Grunde wie Germanistik. Etwas werde programmiert und zum Laufen gebracht, eine Maschine, ein Text. Philosophie sei etwas ganz andres, etwas wie Mathematik. Das hatte jetzt aber er gesagt. Er verstand sie gut. Wohl war ihr nicht. „Wir machen fast dasselbe." Fast. Sie lächelte. Er war immer zwischen zwei Seminaren in die Germanistikbibliothek gegangen, um eine Stunde zu lesen. Abends hatte er keine Zeit zum Lesen, weil er an Computern baute, in einer Firma, deren Namen sie vergessen hatte. Darüber hatten sie nicht gesprochen in den paar Monaten, in denen sie sich zwei oder dreimal die Woche gesehen hatten, gar nicht immer am Wochenende. Sie hatten über abstrakte Dinge gesprochen. Diese Verabredung jetzt war ungewöhnlich, am Vormittag, sie hatte das Gefühl, er werde gleich etwas sagen, wovor sie sich fürchtete. Möglicherweise hatte er bemerkt, dass sie sich einmal morgens erbrochen hatte, als er in ihrer Küche Kaffee gemacht hatte, an einem der wenigen Morgen, die sie nach Nächten zusammen verbracht hatten. Jetzt blendete er wieder wie vorhin die Augen auf. Vielleicht auch nicht. Dann kam der Milchkaffee. Sie war jetzt noch entschlossener als zuvor, nichts zu sagen.

„Jetzt gibt es nichts weiter zu sagen, wie?"

Dazu brannte sie eine neue Zigarette an. Es schmeckte nicht mehr, aber es sah immer noch gut aus. Vielleicht würde er fragen, ob sie zusammenziehen sollten. Er würde sie dazu bringen, dass sie ihm sagte, dass sie ein Kind bekam. Aber es würde ja auf keinen Fall ein Kind geben. Deshalb konnte sie auch nichts sagen. Sie sah ihn an. Er streichelte mit den Augen ihre Mundwinkel. Er sagte, sie müsse jetzt etwas sagen. Immer frage sie, immer höre sie. Er habe sie einmal angerufen, nachts um vier, und sie hätte ihn auf alle Fälle an der Stimme erkannt. Das stimmte. Sie war halb vier aufgewacht, das war ihre Zeit, sie hatte ein paar Worte aus dem letzten Traum im Dunkeln auf den Zettel gekritzelt, der neben dem Bett lag. Es war eine Art Schlafboykott. Sie dachte, sie könnte den Traum zu den Akten legen und weiterschlafen. Nachts wünschte sie manchmal, durch den Schlaf zu jemandem dringen zu können, der dann mit ihr wach wäre, in einem gemeinsamen Jenseits. Dann hatte das Telefon geklingelt, und sie hatte abgehoben und aus einem lärmenden Raum seine Stimme gehört. Er würde alles liegenlassen wollen und zu ihr fahren, gleich. Es gefiel ihr. „Warum?" Sie hörte zu. Er sagte nicht, warum, wahrscheinlich weil das klar war. Er hatte sich entschuldigt, dann seine Stimme nicht mehr, dann nur noch kurz der trunkene Raum hinter ihm, dann wurde aufgelegt. Sie hatte die ganze restliche Nacht seine verletzte Stimme gehört. Das würde sie ihm aber auch nicht erzählen. Vier Uhr nachts, das war schon eigentlich vier Uhr morgens. Sie dachte, ob es nicht vielleicht doch ein Kind geben könnte. Sie dachte daran, ob sie nicht vielleicht doch mit ihm sein könnte. Öfter. Ständig. Vielleicht. Wenn er noch etwas warten könnte. Er hatte den Anruf nachher nicht mehr erwähnt. Sie lächelte mehr. Er war genauso hart wie sie. Fast. Sie konnte länger schweigen. Damit würde sie diesmal gewinnen. Sie würde schweigen, bis er sie bitten würde.

„Du gehst?"

Sie hatte noch nicht zu Ende geraucht. Er stand schon, er hatte einen kleinen Geldschein auf den Tisch gelegt, sein Anteil. Es sei spät. Er werde sich jetzt verabschieden. Moment, verstand sie ihn jetzt? Doch wohl nicht. Dann schob er den Leihschein, auf dessen Rückseite ihre Telefonnummer stand, unter die Tasse. Sie benötigte einen Moment, um sich wieder zu fangen. Sie gab ihm die Hand. Die Tränen schossen von unter ihrem Bauch in ihre Augen, aber sie schaffte es, sie dort zu stauen, bis er durch die Tür gegangen war. Es konnte sein, dass sie doch falsch verstanden hatte. Er kannte die Nummer inzwischen auswendig. Sie drehte den Leihschein herum. Die Vorderseite war zum Teil ausgefüllt, der Titel des Buchs und die Signatur fehlten. Sie erinnerte sich, dass sie das Buch nicht geliehen hatte, den Schein aber in ihre Sachen gesteckt hatte. Darauf hatte sie nachher ihre Telefonnummer geschrieben, für ihn. Anfang Januar. Es würde kein Kind geben. Sie musste etwas unternehmen. Sie stellte es sich vor. Nachher würde sie sich erleichtert fühlen, wie sie es aus ihrer Kinderzeit kannte, und im Bewusstsein eines Verlusts, der noch im Weinen in Befriedigung überging.

Kein Kind sein

Wegen R-Flucht

D as Bild: Teeschalen in einem Schaufenster. Dahinter, innen, steht Karola und sucht eine aus. Der Händler hat die Kiste aus dem Lager geholt, darin die in Seidenpapier eingeschlagenen Schalen. Draußen wehen Blätter von den Linden, Licht und Schatten flecken den Staub. Karola im Laden greift nach einer roten, innen gemusterten Schale. „Das ist die Schönste." Sie nimmt eine andere in die Hand, blau und grün, das Motiv auf der Innenseite eine Landschaft, Bäume, die aussehen wie Tannen, ein Haus. „Erinnert ans Erzgebirge. Mit diesen Tannen, gar nicht exotisch."
„Ach Gott", sagt der Teehändler, „und wie furchtbar es dort ist."
„In Japan?"
„Im Erzgebirge. Wie die reden."
„Sind aber keine Sachsen."
„Ich mag sie trotzdem nicht."
Karola greift wieder nach der roten Schale. Blaue Linien schlingen sich umeinander. Der Händler sagt „Ich habe lange genug da gelebt."
„Im Erzgebirge?" Im Erzgebirge.
Karola weiß Bescheid, obwohl sie lange in Berlin ist, Ostberlin, dann Westberlin, jetzt Berlinberlin. Kein Lächeln.
„Ich bin sogar im Erzgebirge geboren."
„Ach so?"
„Ja", sagt der Händler. Ich habe mich da nie wohl gefühlt, immer versucht, abzuhaun. Mit achtzehn hätte es beinahe geklappt, aber sie haben mich erwischt."
„Gefängnis?"
„Zuchthaus. Drei Jahre Bau. Bergbau." Er lacht. „Was meinen Sie dazu, na?"
Erzgebirge. Karola sagt „Wismut." Sie schaut auf die Uhr über der Kasse, aber ist die Zeit nicht egal jetzt? Es ist Sonnabend.
„Richtig. SDAG Wismut." Während Karola auf die Ornamente in der Schale starrt, um nicht den Teehändler anzustarren, sagt er: „Ich hatte eine Todesangst. Das kümmert keinen. Ich war ein halbes Kind."

Er nennt einen hohen Staatsbeamten von damals mit Namen. Der Beamte sagte, noch die Kugel sei zu schade für ihn, genau das sagte der Beamte zu ihm.

„Deshalb bin ich ins Bergwerk gekommen. Das war sechsundsechzig."

Karola sieht, wie die Erbitterung den Teehändler schüttelt. Ob er das allen Kunden erzählt. Manchmal würden ihn Leute beschwichtigen, sagt er. Er bringt die Menschen in Verlegenheit, denkt Karola.

Und ein anderer ehemaliger Staatsbeamter habe eine Haftentschädigung bekommen, sagt der Teehändler, die hatte sich gewaschen. Jetzt. Also in den neuen Staat. Weil er zu Unrecht inhaftiert wurde, jetzt, in dem neuen Staat. Einen Moment ist der Teehändler abwesend und denkt über die Höhe der eigenen Entschädigung nach, die geringer gewesen ist, damals, im Westen, im alten Weststaat. Er hat sie bekommen, weil kalter Krieg war. Und so weiter. Die hatten ja keine Ahnung. Manchmal hätten sie Augenblicke gehabt, sagt er, er und seine Mitgefangenen, da hätten sie in einem der Gänge unter der Erde geschlafen.

„Ohne Licht?"

Ohne Licht. Unter der Erde sei es schön warm, und sie hätten das Licht ausgemacht. Das sei überhaupt das Ungefährlichste gewesen, nie sei etwas passiert, nur dass sie auf die Zeit achten mussten.

Ohne Licht, ohne Uhr: „Wie haben Sie da auf die Zeit geachtet?"

Er lacht.

„Möchten Sie auch Tee?" Karola nickt. Er führt sie in eine Ecke des Ladens, wo eine große Teekiste nur leicht mit einem Blech bedeckt ist. Er hebt das Blech und lässt sie riechen, während er die Kiste schüttelt. Tee, Staub, Duft. War es nicht der Staub gewesen, von dem die Bergleute erkrankten? Karola sagt, das sei schlechtes Uran gewesen, das da gebohrt wurde.

Der Teehändler lacht. „Gut genug für die. Waren ja nicht ihre Leute. Aber mit den eigenen haben sie es auch gemacht, da muss man sich nichts vormachen." Er lacht schon wieder. „Eigentlich bin ich ein Linker, sogar ein scharfer. Manche denken, alle, die im Osten im Zuchthaus saßen, sind Rechte. Aber das ist mir egal."

Karola atmet durstig ein, der Teestaub, sie hustet. In den Anfangsjahren war das Uranerz trocken gebohrt worden. In den Sechzigern: vielleicht nicht mehr. All dieser Staub, von dem sie weiß. Die Leute in Johanngeorgenstadt hatten damals Brocken aus dem Berg auf ihren Fernsehern stehen. Es war verboten, wie auch der Handel mit dem Deputatschnaps verboten war. Im günstigsten Fall handelten die Familien der Bergleute damit, im ungünstigsten Fall tranken sie ihn selbst.

„Bei uns zu Hause haben die Leute aus Wismutschnaps Likör gemacht. Unten rein Heidelbeeren und dann Schnaps drauf, viel Zucker, vier Wochen stehenlassen. Heedelbeer heißt das im Dialekt."

Er hört zu. Seine Mundwinkel zucken. „Sie sind furchtbar. Die Leute. Für mich gab es nur eins, weg da."

Ob er freigekauft wurde.

Ja. Natürlich.

Karola war fünf in dem Jahr. Sie nimmt hundertfünfundzwanzig Gramm von dem Tee.

„SDAG Wismut. Sonnensucher - kennen Sie den Film?"

Der war verboten. Aber er hatte ihn mal gesehen. Sie auch, da war sie schon im Westen. Aber nun ist es gut, nein, sie will nicht mehr wissen.

Zu Hause setzt sie Wasser auf. Sie spült die Schale heiß, gibt einfachen Tee hinein und kochendes Wasser. Nach einer Weile schüttet sie die Flüssigkeit in den Ausguss und wirft die Blätter weg. Sie spült die Schale wieder. Sie riecht nicht mehr nach der Kiste, in der sie gelegen hat. Dann macht sie neuen Tee und gießt ihn ein.

Ulrich war damals so alt wie sie heute. Der Teehändler musste schon über zehn Jahre im Westen gewesen sein. Vielleicht hatte er schon den Laden. Das war achtundsiebzig.

Achtundsiebzig. Karola stand vor einem Studentenclub in Weimar. Kein Reinkommen. Sie fror, und Menschen versuchten, sich an ihr vorbei zu drängen. Einer griff ihren Arm und sagte: „Pass auf, beim nächsten Schwung sind wir drin. Lass mich einfach nicht los." Die Tür öffnete sich, und er riss sie mit. Das Bier, das er holte, trank sie in kleinen Schlucken. Sie hielt Ausschau nach ihrer Mitschülerin, mit der sie nach Weimar gefahren war. Sie tanzte. Es war Sonnabendvormittag, und hier gab es eine Fete. Zwiebelmarkt. Alle kamen nach Weimar, aber nicht wegen der Zwiebelzöpfe. Die meisten wollten die Musik von einer der beiden Bühnen hören, Folklore oder Blues. Manche schliefen in Schlafsäcken in den Parks. Die Behörden, erzählten sie, ließen abends vorher einen Wasserwagen durch die Parks fahren und den Rasen sprengen, so dass nur einige abgelegene Wiesen trocken blieben. Niemand wusste, warum Blues zu Zwiebelzöpfen. Der Mann, der sie in den Club reinbekommen hatte, trank sein Bier, ziemlich schnell, und sprach über die Frau hinterm Tresen, deren rotes Haar er mal geliebt haben wollte. Karola konnte es sich vorstellen. Schrecklich. Sie war blond. Sie wartete das eine Bier ab, trank selbst in kleinen Schlucken und gab ihm den Rest aus ihrem Glas. Ihr wurde nicht warm. Sie wartete noch ein Bier, fühlte Gänsehaut auf ihren Beinen und dass ihre Knie eiskalt waren. Sie hielt auch Abstand von ihrer Mitschülerin. Sie erwähnte den Jungen, der draußen Lieder von Biermann und Pannach gespielt hatte. Sie hatte in einer Traube Menschen dabeigestanden, bis Polizei kam und Ausweise sehen wollte. Sie hatte sich nicht gerührt, und die Polizei hatte sie übersehen. Sie hatten die Gitarre beschlagnahmen wollen. Die Leute hatten die Gitarre weitergegeben, und der Junge war durchgeschlüpft, und dann war er weg. Das war Weimar. Jahre später las sie eine Geschichte, die wer daraus gemacht hatte. Eine Gitarrengeschichte. Sie war vom Dorf. Der Mann, der sie in den Club mitgenommen hatte, sagte, er könne sich in solchen Ansammlungen nicht blicken lassen. Er hatte einen PM 12, einen Ersatzausweis, und musste sich jede Woche bei der Polizei melden. Ulrich. Dann endete plötzlich die Party, mittags um eins.

Sie gingen durch die Stadt, es nieselte. Er legte den Arm um sie. Im Ilmpark erzählte er, dass welche in Goethes Gartenhaus eingebrochen waren und drin genächtigt hatten. Sie hatten nichts zerstört, nur in einem der Betten miteinander geschlafen. Der Markt war vorbei, und Ulrich wollte ihr irgendein Lokal zeigen und irgendein Essen bezahlen, und alle Lokale waren zu. Alle Menschen außer Karola waren zu Hause. Es nieselte. Er legte den Arm über Karolas Schulter, so dass die Hand bis auf ihre Brust hinunterreichte, und Karola nahm die Hand und spielte mit seinen Fingern. Es kam ihr merkwürdig und fremd vor. Dann landeten sie in einem Keller, wo Karola wieder Bier trank und sich wegen ihrer abgewetzten hellblauen Hosen schämte. Wenn es wenigstens richtige Jeans gewesen wären. Dass man sie überhaupt hier reingelassen hatte. Es war ein Tisch für vier Personen, an dem noch ein Paar saß. Ulrich flirtete mit der Frau und goss ihr Wein nach. In Karola kam Panik hoch. Sie nahm auf der Toilette die Pille und spülte Wasser hinterher. Vorhin hatte sie gedacht, er werde hier lange sitzen wollen, aber als sie zurückkam, war er schon im Mantel. Ein alter Mantel. Er sagte „Nachkriegsmantel" und dass er ihn von einem Dachboden hatte. Strenger Geruch. Vielleicht war er im Krieg geboren. Sein Bart hatte rötliche Haare, seine Hände harte Nägel. Er wusste nichts von den letzten zwei Jahren, er war im Gefängnis gewesen. Wegen R-Flucht. Sie gingen noch einmal durch den Ilmpark, und die Ilm rauschte, als wäre sie ein richtiger Fluss.

Und Jahre danach stand sie einmal am Ufer der Ilm, die angeschwollen war, in einem Frühlingshochwasser, die Saale war auch über die Ufer getreten, die Ilm, die Saale, und sie fand einen Laden, in dem sie Flaschen von dem flachen kalten Saale-Unstrut-Wein kaufte, den es früher selten zu kaufen gegeben hatte. Das Rauschen von Flüssen hatte sie an Ulrich erinnert, wie immer, und sie hatte sich dessen geschämt, weil das so banal gewesen war.

Ulrich, damals, hatte sie in seine Wohnung gezogen. Alte Ausgaben von „Sinn und Form" standen in einer Reihe auf dem Schreibtisch. Ungeheiztes Zimmer. „Wie alt bist du, Karola?"

Siebzehn, sie war siebzehn.

„Ich bin doppelt so alt, etwas mehr."

Sie sah ihn unsicher an. Sie kam vom Wasserhahn zurück und zog ihr kariertes chinesisches Arbeitshemd, ein Männerhemd, über die Hüften und vorn zusammen.

„Aber wir schlafen nackt."

Doch, es ging schnell.

Im Licht einer Glühbirne - so hatte Karola das schon einmal gesehen, im Film - betrachtete er ihren Körper, schob sie vor den Spiegel und stellte sich hinter sie. „Du hast einen schönen Hals. Du musst dir die Haare kürzer schneiden, wie ein Fell."

Er wollte ihre Haare schneiden, geschickt und rasch, und um ihre Füße bildete sich ein See von Haaren, er wischte Haare von ihren Schultern, sie fröstelte, sie lief zum Wasserhahn. Sie hielt das Gesicht unter das kalte Wasser, bis es rot war und brannte. Ihre Wangenknochen traten jetzt deutlicher hervor. Er lachte. Er hatte von einem Mädchen geträumt die ganzen Monate. Sein Freund war auch politischer Häftling gewesen. Sie hatten zusammen ferngesehen. Es gab einen Fernsehraum, sagte er. Sein Freund säße immer noch.

Später fuhr er mit der Hand über die Stoppeln. „Das ist so geil, meine Kleine, da geh ich die Wände hoch. Mit dir würde ich auch schlafen, wenn du fünfzehn wärst."

Er drehte sie mit dem Gesicht zur Wand. Die Leimfarbe färbte von der Wand auf ihre Haut, als er sie auf die Seite schob. Sie versuchte, die Decke vor die Brust zu ziehen. Er wusste noch nicht, dass Biermann ausgebürgert war, und Kunert und die Kirsch waren jetzt auch im Westen. Die hatten es billiger bekommen, als er es je kriegen würde. Sein strenges Lachen. Karola war stumm von den Monaten zwischen ihm und der Welt und den Jahren zwischen ihm und ihr. Sie fragte sich, was das war, wenn Liebe, dann würde sie jetzt nichts mehr über sich erzählen, sondern ein schweres unheimliches Geheimnis bleiben. Sie schlief nicht, und um fünf stand sie auf und fuhr mit dem ersten Zug in der Hoffnung, ihre Eltern würden ihre Ankunft verschlafen.

Als sie den Häuserblock langging, steckten die Köpfe mehrerer Nachbarinnen aus den Fenstern. Eine sagte „Na, die warten schon", und nach hinten ins Zimmer „Die sollte meine sein, na." (Ich schlag dich windelweich, du Stücke.) Sie heizte den Badeofen und den Ofen in ihrem Zimmer. Sie sprach einfach nicht. Sie schlief den ganzen Sonntag. Am Montag sprach sie nicht, auch nicht in der Schule. Am Dienstag und an allen anderen Tagen der Woche war alles wie immer. Dann hatte sie eine Woche Kartoffelferien, während der sie in der Ernte arbeitete. Das Geld reichte für eine neue Niethose und eine Rückfahrkarte nach Weimar. Ihre Eltern stellten sich vielleicht einen Jungen vor, bei dessen Eltern sie mit übernachten durfte, zwei Nächte lang.

Ulrich war unverändert. „Sinn und Form" standen und lagen, wie sie gestanden und gelegen hatten. Sie hatten ihm eine Arbeit im Weimarwerk zugewiesen. Er sagte nicht, was er vorhatte. Sie stellte sich vor, sie wäre eine Straße, auf der jemand, sie selbst vielleicht, bis an die See fahren würde, direkt bis an den Hügel der Dünen, zwischen die nassen und bemoosten Buchen, und darüber hinaus in eine noch tiefere Abwesenheit.

In den Wochen danach schickte Ulrich einige Briefe, postlagernd, in die Kreisstadt, in der sie zur Schule ging. Dann verging zu viel Zeit, und Karola versuchte, sich auf die Schule zu konzentrieren. Kurz nach dem Jahreswechsel fuhr sie wieder nach Weimar, die Briefe in der Tasche. Sie hatte das Gefühl, ihre Eltern hätten seine Briefe, in denen er kaum verschleiert über das Gefängnis und über ihren Körper geschrieben hatte, gelesen. Sie lagen hinter den Büchern, und sie musste ein besseres Versteck finden. (Wenn du das Abitur nicht bestehst, gehst du in de Fawerike.)

Die Ilm war zugefroren. Ulrichs Tür wurde nicht geöffnet. Es schneite. Karola wartete sinnlos mehrere Stunden im Park und in der Stadt, ein nervöses Umherwandern, wieder erst zwanzig Minuten vorbei. Sie fühlte, dass ein oder zwei Nachbarn beobachtet hatten, wie sie zum zweiten und dritten Mal vorbeilief. Es wurde Abend. Es war Nacht. Dann verlor sie jede Hoffnung, ihn zu treffen und verpasste dennoch den letzten Zug, bekam aber mit, dass gegenüber, vom Busbahnhof, ein Bus nach Jena fuhr. Sie rannte, rutschte auf dem glatten Schnee und hängte sich gegen die Tür des Busses. Der Fahrer hielt noch einmal an, mürrisch vor Mitleid. Der erste Zug von Jena West ging halb vier. Sie lief zwei Stunden durch Straßen in Bahnhofsnähe, sie stellte sich vor, auch diesen Zug zu verpassen oder den Bahnhof nicht zu finden. Sie war schon hundertmal in Jena gewesen. Sie fühlte den

Personalausweis in der Tasche ihrer Jacke. Eine halbe Stunde vor Abfahrt saß sie in der eisigen Wartehalle und las in dem Reclamheft, das sie in der Tasche gehabt hatte, die Nachtwachen von Bonaventura. Dann noch einmal die Briefe. Ihr Magen zitterte gegen die Bauchdecke, und das Innere ihrer Knochen war ganz kalt.

Als sie zehn Jahre später nach Westberlin kam, suchte sie Ulrichs Namen im Telefonbuch. Er stand drin. Sie wählte die Nummer nicht. Etliche Telefonbücher später sah sie wieder nach. Er stand drin. Bald würde es neue Telefonbücher geben. Er musste weit über fünfzig sein. Sie würde ihm wahrscheinlich nicht begegnen. Wahrscheinlich würde sie sich abwenden, wenn sie ihm begegnete. Wahrscheinlich lebte er mit einer Frau, die jünger war als sie. Karola dachte, sie würde nie die nötige Distanz finden. Wenn sie alles sachlich betrachtete, war Ulrich einfach der Anfang einer Art Verwahrlosung gewesen.

Sein Geruch kommt aus ihrem Gedächtnis hoch, sie atmet scharf ein, um zu fühlen, ob das nicht doch in der Luft ist. Am späteren Abend hört sie einen preisgekrönten Lyriker im Radio darüber sprechen, wie er einen Tag in Pompeji verbracht hatte. Alles sei so gewesen wie vor mehreren tausend Jahren. Unter den Schichten vulkanischer Asche völlig unverändert. Kämen die Menschen zurück, könnten sie ihr Leben fortsetzen. Jetzt stünde alles still. Dieser Tag in Pompeji, redet der Lyriker, habe ihn so tief berührt wie das Ende der DDR. Oder anders formuliert, der Untergang jenes Staatswesens habe ihn nicht mehr berührt als der eintägige Aufenthalt in Pompeji. Er lacht in den Augenblick Schweigen. Und Karola schaltet das Radio nicht aus. In der Küche setzt sie mehr Teewasser auf.

Ich nannte mich Pomona

In dem Jahr arbeitete ich in einem Call-Center. Ich befragte Menschen zu Postdienstleistern, Schmerztabletten und Rasierapparaten. Man brauchte natürlich eine gewisse Stressresistenz, doch im Grunde war es keine schlimme Arbeit. Man meldete sich heute bei der Studioleitung und konnte morgen eine Schicht arbeiten. Meldete man sich übermorgen nicht mehr, weil man die Lust verloren hatte oder geerbt oder weil man nach Australien ausgewandert war, wunderte das niemand. Es gab immer Leute, die arbeiten wollten. Die Stadt war voll von Leuten wie mir. Wir hatten viel zu viel Ausbildung und viel zu wenig Geld. Die Wohnungen waren groß, die Zimmer hoch, und an der Decke schwebten Götter aus Stuck. Man lag lange Nachmittage auf dem Bett, sah dem Staub beim Flirren zu und pendelte gelegentlich zum Schreibtisch. Ich war eine große Reisende in dem Jahr, mit dem Finger auf der Landkarte. Mein Finger lief die westlichen Küsten ab, Isafjördur – Faröer Islands - Shetland Islands - Orkney Islands, Mainland or Pomona - Hebrid Islands - Western Islands - Aran Islands...

Orkney Islands, Mainland or Pomona?

Pomona?

Ich fragte eine Suchmaschine. „It has been a subject of frequent wonder to me, whence the mainland of Orkney received the latin looking name Pomona." Von den lateinischen Dichtern, erzählte das Netz, wurde der Name nie erwähnt. Pomona konnte der Name einer Schenke im Hafen von Orkney sein, wo vor dreihundert Jahren die Walfänger zuerst landeten, wenn sie aus dem hohen Norden heimkehrten. Kam nicht von den westlichen Küsten das Wetter? Pomona konnte Ultima Thule sein, ein Land am Ende der Welt, in das kein Billigflieger ging. Kam von Pomona nicht pomme, der Apfel? Wie kam eine Apfelgöttin in den nördlichen Atlantik? Wo die Felswände senkrecht fielen, hundert, zweihundert Meter. Von ihrem First stürzten Vögel in den Wind, an ihrem Fuß schäumte das Wasser.

Ich hatte mir angewöhnt, nach Schichtschluss in ein Café in der Akazienstraße zu gehen, dort in mein Notizbuch zu kritzeln und das Gekritzel am nächsten Morgen in mein Notebook zu tippen, dessen Tasten schon etwas durchgeschrieben waren. Ich veröffentlichte Gedichte in schmalen gelben Postillen. Sie wurden bei Lesungen verkauft, die jeden Mittwoch im „Opus magnum" stattfanden. Der Ruf der Kneipe rührte daher, dass es

mehrmals zu Schlägereien gekommen war, weil die männlichen Prosaauto-
ren der Gruppe das Liebesvorleben ihrer jeweiligen Gefährtinnen als Stein-
bruch benutzten, bei deren Vorgefährten jedoch nie fragten, ob das erlaubt
sei. Ich schrieb Gedichte über Begegnungen in der überfüllten Untergrund-
bahn, über giftige Pflanzen, die noch nicht ausgestorben waren, und über
Ereignisse der Zeitgeschichte. Ich passte nicht zu den anderen. Wahrscheinlich war ich deshalb bei ihnen so beliebt: Ich deckte ein anderes Themen-
spektrum ab. Ich nannte mich Pomona. Einmal im Leben, dachte ich, sollte
jede einen Nom de guerre getragen haben.

Vor den Fenstern des Cafés in der Akazienstraße lagerte das Dunkel.
An der Theke diskutierte Jutta, die Wirtin, mit einer Handwerkerin, ob es
wirklich nötig sei, die Kästen der Jalousie von den Ranken des Knöterichs
zu befreien, die von oben her bis auf die Tische am Fenster hingen. Die
Frauen mochten das. Mir fiel nichts ein, ich blätterte in alten Notizen. Am
Rand meines Blickfelds saßen zwei, sie küssten, lösten sich voneinander,
um an einer Zigarette zu ziehen, und küssten wieder. Ich überlegte, ob ich
eine Münze in das Billard im Hinterzimmer werfen sollte für ein Spiel mit
mir selbst. Im Telefonstudio war es schlecht gelaufen. Ich wurde nicht nach
Zeit bezahlt, sondern nach der Zahl der zu Ende geführten Interviews. An
manchen Tagen brachen die Befragten die Gespräche einfach ab. Wer zu
viel darüber nachdachte, verkrampfte. Ich würde übermorgen eine Doppel-
schicht machen und den Tag danach auch. Je müder ich war, desto lockerer
wurde ich. Ich brauchte ein anderes Zimmer. Im letzten Jahr hatte nach und
nach die Besetzung der Wohngemeinschaft gewechselt. Alle Neuen studierten. Genau genommen brauchte ich eine Wohnung. Ich hatte ausstudiert.
„Nichts los heute", sagte Jutta, als ich mein Bier bezahlte. „Ja", sagte ich.
Genau genommen war ich verzweifelt.

**

Zwei Tage später begegnete ich im „Opus magnum" diesem Mann, Bruckner. Ich war bei der Lesebühne die Vorletzte gewesen. Vor mir hatte jemand
über drei Kindesmütter gelesen, jede hatte ein Kind vom gleichen Mann,
keine wollte mit ihm leben. Nach mir war ein humoristischer Text einge-
schlagen, in dem ein Mann seiner Freundin am Mobiltelefon einzureden
versuchte, er sei in der U-Bahn auf direktem Weg vom Büro zu ihr, während die Stationsdurchsagen ihn gleichzeitig der Lüge überführten. Die Leute lachten noch, während ich mich auf einem Barhocker verlor und tatsächlich einen Whisky trank, es war wie im Film. Jemand berührte mich an der

Schulter. Ich drehte mich um, es war ein untersetzter Mann, Ende vierzig, Mitte fünfzig eher.

„Hier ist Ceres', hier ist Bacchus' Gabe", sagte er.

Mein Blick fiel auf seine linke Hand. Er hielt einen Apfel, der leicht aufgebrochen war. Er griff jetzt auch mit der Rechten zu, brach den Apfel ganz durch und reichte mir eine Hälfte. Ich nahm sie, legte sie aber gleich auf die Theke. Nervös trank ich den Schnaps auf einen Schluck aus. Es tat weh. Wahrscheinlich sah man es mir an. Denn der Mann sagte: „Bacchus trifft nie mit der Faust." Er drehte sich leicht, in seiner hinteren Hosentasche steckte eine Weinflasche. „Na los", sagte er, und ich zog die Flasche heraus, er drehte sich wieder. Er bestellte zwei Gläser.

„Sind Sie hier zu Hause?", fragte ich.

„Sie meinen, wegen des Weins? Der ist von hier, bereits bezahlt."

Tatsächlich, die Flasche war geöffnet.

„Bruckner", sagte er, „Ihren Namen kenne ich ja schon. Pomona, die Göttin der Gärten." Da waren die Gläser.

Ich hielt noch immer die Weinflasche.

„Gestatten Sie", sagte Bruckner, nahm die Flasche und goss Wein in die Gläser.

Ich hatte mich inzwischen gefangen. „Wieso Weißwein?"

„Sie haben recht", sagte Bruckner, „aber Rotwein macht müde. Weißwein hält wach." Er schob mir ein Glas hin, ich nahm es, wir tranken. Er deutete auf die Frucht. „Sie haben ja noch gar nicht probiert." Er griff in die Hosentasche und holte ein großes gebügeltes Herrentaschentuch heraus, „Ein Ding, das es in Kürze nicht mehr geben wird", sagte er, „Sie können es auch als Serviette benutzen." Ich fragte mich, was das hier werden würde, na was wohl?, gleich würde ich es erfahren, ich nahm also das Apfelstück. Das Fruchtfleisch schmeckte sauer und süß. Bruckner aß auch. Das war so symbolisch, ich musste das auflösen, ich musste etwas fragen, wer fragt, führt, das stimmte einfach, ich fragte: „Und in welcher dekorativen Kunst arbeiten Sie?"

Er lachte. „Was denken Sie?"

„Architekt", sagte ich aufs Geratewohl, er nickte, na bitte, ich fragte weiter: „Theorie oder Praxis?"

„Sowohl als auch." Erst gab er die Uni zu, Architekturgeschichte, barocke Treppenhäuser und solche Sachen, dann das Büro, Bruckner und Bruckner, aber das beschäftigte ihn nicht mehr so, sagte er. Er wohnte in einer Bungalowsiedlung draußen in Dahlem.

Ich kannte die Sorte Bungalow. Keine Gartenhäuschen, sondern Denkmalschutz. Ich hielt ihm das Kerngehäuse hin, „Eigene Ernte?", er nickte. „Was machen Sie dann im schmutzigen Wedding?"

„Obst hab ich selber, mir fehlt der Wein."

„In jedem Supermarkt, in Dahlem auch beim Spezialisten", sagte ich, „sein Sie jetzt nicht feige. Sie haben mich angesprochen."

„Ich bin zugereist", sagte Bruckner, „mir gehört die ganze Stadt."

„Gibt's da nichts Schöneres als Wedding?"

„Ich bekämpfe meine Langeweile."

„Warum nicht mit Arbeit?", hätte ich beinahe gefragt, ich war nicht mehr verlegen.

„Man kann nicht immer arbeiten", sagte Bruckner. Anscheinend las er Gedanken.

„Ich nehm Ihnen was ab", sagte ich sofort, „ich mache alles."

„So meinte ich das nicht", sagte Bruckner.

„Aber ich", sagte ich, „mir wär das ganz recht, Herr Bruckner."

„Sagen Sie einfach Bruckner zu mir."

„Später vielleicht", sagte ich, „was ist mit Arbeit?"

Zuerst wirkte er verletzt, aber dann fing er an zu lachen. „Es gab unter den Dryaden Latiums keine, die den Gärten mehr Sorgfalt gewidmet oder eifriger auf die Früchte der Bäume achtgegeben hätte als Pomona."

Das musste ein Zitat sein. Ich ignorierte es. Warum nicht Gartenarbeit? Ich entschloss mich, trank mein Glas aus und fragte ihn, wie groß denn sein Garten sei.

„Als ich so alt war wie Sie", sagte er, „bin ich auch so drauflos gegangen."

Jetzt nicht ablenken lassen, dachte ich, seine Jugend kann er später erzählen.

„Sie wollten jemanden einstellen", erinnerte ich ihn.

„Wollte ich das?"

„So hat es sich angehört."

„Sind Sie denn frei?"

„Jederzeit", sagte ich, „Gartenarbeit kann ich auch."

„Gartenarbeit", sagte er, „danke, Bewegung brauch ich selber. Aber was ist mit Tippen, Korrektur, Redigieren?"

„Oh", sagte ich so kühl ich konnte, und zählte ein paar Sachen auf, die ich studiert hatte. Ganze Bataillone von Lyrikerinnen finanzierten sich bekanntlich durch Korrektorate, die sie am Finanzamt vorbei besorgten.

Es stellte sich heraus, er brauchte eine Art Assistentin. In der Uni nicht, da gab es Sekretärinnen. „Im Büro", er zögerte etwas.

„Bruckner und Bruckner", sagte ich.

„Ja", sagte er, winkte dann aber ab. Da steckte er die halbe Kraft rein, vielleicht hieß es das, das lief, vielleicht wollte er das damit sagen. Aber er hatte ein Projekt, tatsächlich suchte er jemanden für sein Projekt.

„Eine Stellenanzeige aufgeben, hundert Bewerbungen lesen und zurückschicken müssen, wissen Sie eigentlich, Pomona", sagte er, „wissen Sie, wieviel Arbeit das macht?"

Ich lächelte, ich wusste, wieviel Arbeit es machte, diese Bewerbungen zu schreiben.

„Und dann wissen Sie immer noch nicht, ob Sie jemanden finden, eine Person, die sich ein bisschen hineindenken kann. Perspektiven", sagte er, beinahe träumerisch, „Illusionismus." Er hatte da diesen ehrgeizigen Doktoranden, sagte er. Der könnte so was machen. „Aber Doktoranden", sagte er, „heutzutage." Er winkte ab. Für ein Lehrbuch würde er ihn nehmen, für ein Kompendium, jederzeit, nicht für sein Projekt.

Ich wurde langsam unruhig, er redete so viel, ich dachte, ich müsste ihn daraus wecken. „Es ist ein ganz anderes Projekt!", rief ich.

„Sie verstehen das", sagte er. „Das Barock als Zeitalter der Melancholie", sagte er, „Düsternis, Glaubenskriege, Jenseitshoffnung und Antikensehnsucht."

Ich nickte. „Und Gartenbau."

„Genau", sagte er. „Metaphern! Allegorien! Taxonomien!"

Jetzt nichts tun, was ihn erinnert hätte, dass ein Einstellungsgespräch höchstwahrscheinlich das Letzte war, was ihn ins „Opus magnum" getrieben hatte. Unauffällig sein. Ich holte mein Notizbuch raus. Ich sagte: „Wann soll ich anfangen?"

**

Vier Wochen später begann ich eine Wohnung zu suchen. Bruckner hatte mich tatsächlich eingestellt, dreißig Stunden, die real vierzig bis fünfzig bedeuteten, dafür versicherungspflichtig. Bruckner und Bruckner brummte vor Geschäftigkeit, und ich wusste jetzt auch, warum er im „Opus magnum" darüber hinweggegangen war. Seine Frau, die getrennt von ihm lebte, leitete es. Es war ihr gemeinsames Geschäft, sie hatten genug Arbeit, dass sie einander aus dem Weg gehen konnten. Bruckner begab sich selten ins offizielle Büro, er hielt sich zwei Ateliers nebeneinander auf dem endlosen Flur eines klassizistischen Gebäudes mit solider stalinistischer Innenausstattung in Berlin Mitte. Im kleineren saß ich. Allerdings saß ich selten. Öfter stand ich auf der Leiter oder kniete auf dem stahlgrau gefärbten Sisalteppich. An

Korrigieren und Redigieren war nicht zu denken, denn Bruckners Projekt bestand bis jetzt aus einer ungeordneten Sammlung von Büchern, Zeitungsausrissen und handschriftlichen Notizen. Das meiste stapelte sich auf dem langen Tisch, auf ein paar Stühlen und dem Boden, musste aber in ein übermannshohes Regal eingeordnet werden. Die Notizen übertrug ich in eine Datenbank, für die ein schneller Rechner zur Verfügung stand, den Bruckner anscheinend bisher kaum benutzt hatte. Am meisten Zeit kosteten die digitalen Photographien, deren Dateinamen wenig Rückschlüsse zuließen, in welcher Kapelle jene Engel aufgenommen worden waren, die katholische Marterwerkzeuge in ihren dicken Patschfingerchen hielten, und aus welcher Wunderkammer jene Himmelskugel stammte, auf der vier Winde Sternenstaub zwischen den Tierkreiszeichen verteilten. Frau Bruckner war ich bisher nur einmal begegnet, als ich im offiziellen Büro meinen Vertrag unterschrieben hatte. Sie hatte mich angesehen und gesagt: „Sehen Sie sich vor, er frisst die Arbeit anderer Leute mit Fell und Pfötchen." Bruckner hatte gelacht. Auf dem Vertrag stand mein Name, Bruckner jedoch zog es vor, mich weiter Pomona zu nennen. Wenn schon. Er kam nicht jeden Tag in sein Atelier, aber immer, wenn er kam, war ich schon da und arbeitete. Jedenfalls kam es mir so vor. Als ich merkte, dass er die Fortschritte in der Ordnung seiner Materialsammlung wohlwollend zur Kenntnis nahm, nahm ich mir die Zeit heraus, Bücher vor dem Einordnen querzulesen und an interessanten Stellen gelbe Zettel einzukleben, die ich nach einem eigenen System beschriftete. Ich fand mich in Bruckners Thema ein. Als er eines Tages nach meinen Gedichten fragte, antwortete ich: „Ich kann durch Wahnwitz fast so gute Verse schreiben,/ als einer der sich lässt den weisen Phöbus treiben/ Den Vater aller Kunst", und Bruckner erriet nicht, woher das Zitat stammte. Er ging über den Flur in das größere Atelier und öffnete die Flügeltür, die die Büros verband. Der Schlüssel steckte drüben. Seit ich bei ihm arbeitete, war ich nicht mehr im „Opus magnum" aufgetreten, und bei Jutta in der Akazienstraße hatte ich mich nur einmal blicken lassen, um neben dem Zigarettenautomaten meine Wohnungssuchanzeige auszuhängen. „Ein Bier?", fragte Jutta. Eigentlich hatte ich schon immer lieber Wein getrunken, aber als ich jetzt welchen bestellte, ließ Jutta ihren Blick über meinen Hosenanzug schweifen. „Schick, sagte sie, neu? Muss dir doch nicht peinlich sein." Ich hatte ein schlechtes Gewissen und wusste nicht warum.

Am nächsten Tag traf das erste Wohnungsangebot auf meinem Mobiltelefon ein. Bruckner hob den Kopf, als er hörte, wie ich einen Besichtigungstermin verabredete. Später rief er mich an seinen Arbeitstisch, um mir einen weiteren Packen Aufzeichnungen auszuhändigen, einen braunen Umschlag, auf dem „Gold, Stuck und Tränen" geschrieben stand. Ich griff zu, aber er ließ den Packen nicht los, für einen Moment standen wir durch das Papier verbunden, ich sah ihn an, er sagte: „Wollen Sie sich nicht mal meinen Bungalow ansehen?"

„Danke", sagte ich, „das ist sehr freundlich."

O nein, so sei das nicht, sagte Bruckner, ich wüsste gar nicht, wie viele Zimmer es da gebe, außerdem ein Gästebad, das sie damals hatten einbauen lassen, und einen zweiten Eingang. Man konnte da miteinander wohnen, ohne sich auch nur in der Küche zu begegnen. Ich hörte einen Hauch von Bitterkeit, und mir fiel wieder ein, wie er mit diesem Apfel und dieser Weinflasche im „Opus magnum" aufgetaucht war und den Herrn der Lage dargestellt hatte. Diesmal beherrschte er die Lage. „Sehen Sie sich doch die Wohnung an", sagte er. „Und dann sehen Sie sich die beiden Zimmer neben meinem Gästebad an. Küche und Garten nur zur Mitbenutzung, deshalb kosten sie hundert Euro weniger als diese Wohnung, wo war sie gleich?"

„Nähe Yorckstraße", sagte ich.

„Verkehrsgünstig", befand er, „wenn man in Mitte arbeitet. Wie hoch war gleich die Kaution?"

An diesem Abend blieb ich wach, bis die WG vollzählig war, und sagte, dass ich zum Ende des Monats ausziehen wollte, der gerade angefangen hatte. Mindestens zwei kannten gleich eine geeignete Nachfolgerin. Weil es einen besseren Eindruck vor mir selber machte, sah ich mir die Wohnung in der Yorckstraße trotzdem an. Sie lag zur Straße hin. Ich wusste, dass es mir nichts ausgemacht hätte, wäre nicht Bruckners Vorschlag gewesen.

**

Zu Bruckners Bungalow ging es leicht bergab, wenn man von der U-Bahn kam. Rechts ein Park, links Villen, in denen Institute der Universität, Stiftungen und die Botschaften kleinerer Staaten untergebracht waren. Hinter dem Park bog ein schmaler Weg in die Bungalowsiedlung. Bruckner hatte beschrieben, dass ich hinter der zweiten Biegung auf sein Anwesen stoßen würde, zweimal neunzig Grad, sagte er, dann stehen Sie davor. Unter einer Klingel standen Bruckners Initialen, unter einer zweiten zeigte eine rechteckige Fläche mit zwei leeren Bohrungen, dass es ein zweites Namensschild gegeben hatte. Ich hatte kaum geklingelt, da sprang das Tor auf, mir blieb keine Zeit, die halb wilden Rosen am kurzen Weg zu betrachten, denn Bruckner stand schon in der Tür. Er wies durch den Flur. Eine Schiebetür aus Glas gab den Blick frei auf einen beinahe leeren Raum, der sich zum

Garten öffnete. „Mein Refugium", sagte Bruckner. „Eher eine Meditationshalle", sagte ich. Bruckner lachte. Er zeigte auf einen Sessel, sagte dann aber: „Zuerst die Zimmer." Wir gingen auf dem Flur an mehreren Türen vorbei, hinter denen sich offenbar kleinere Räume befanden. Das Haus war L-förmig gebaut, der Flur führte um eine Ecke und lief tatsächlich auf einen zweiten Eingang zu. Ganz hinten das Gästebad, dann die beiden Zimmer. Sie waren gleich groß, mit Fenstern, die bis zum Boden reichten und untereinander verbunden waren. In einer Zimmerecke stand ein Podest, zum Fenster hin, das an dieser Stelle verkürzt war. Eine dicke japanische Matratze lag darauf. Ich sah sie an, dann sah ich Bruckner an.

„Das hat meine Frau einbauen lassen", sagte er. „Es ist der beste Platz. Man schläft praktisch im Grünen."

„Aha", sagte ich. „Und wie ist das?"

Aber Bruckner war auch so schlau wie ich. „Keine Ahnung", sagte er, „probieren Sie es aus."

Ich atmete durch. Die Wände waren grob geputzt und frisch geweißt. Ich hob die Matratze an einer Seite an. Sie war dicht und schwer, mit einem glatten Bezug, und sie roch neutral, fast wie im Möbelladen. Selbst besaß ich wenig Zeug. Eine Fahrt mit einem geliehenen Auto würde reichen. Die Leute aus der WG würden anfassen, danach würden wir im Garten ein paar Bier trinken. Sie studierten noch, aber sie studierten alle schnell und machten selten Parties.

„Okay", sagte ich, „wie hoch ist die Kaution?"

„Welche Kaution?", sagte Bruckner. An dem Abend hatte er Rotwein. Ich trank wenig, obwohl ich auch von Rotwein nicht müde werde. Ich wollte noch in die Akazienstraße fahren und meinen Aushang abnehmen. „Ging ja flott", sagte Jutta, „wo ziehste hin?" Ich sagte es. „Steckt ein Mann dahinter", sagte sie, „nee, war keine Frage", sagte sie rasch dazu. Ich zuckte die Achseln. Heute war es voll, auch im Billardzimmer. Ich warf ein paar Mal Geld ein, Kugeln klackten, und ich mochte die wortlose Verständigung mit den anderen Spielerinnen. Erst später, vor dem Einschlafen, und ich wollte schnell schlafen, um am nächsten Morgen vor Bruckner da zu sein, erst da fiel mir wieder ein, was Bruckner nach dem ersten Glas Wein angesprochen hatte: die gelben Zettel zwischen den Buchseiten und meine eigenen Notizen, die er auf dem Schreibtisch hatte liegen sehen. Hatte ich nicht Lust, schon einmal ein Kapitel zu schreiben? Das bedeutete: Erstens, er kontrollierte meine Arbeit. Zweitens, er hielt mich für fähig. Drittens, ich brauchte ein Motto für das erste Kapitel. Als ich ein paar Stunden später aufwachte, hatte ich es: „Endlich wie der Winter alles verödet/ verderbet und verwüstet", das war Gryphius, und das erste Kapitel würde vom Krieg und der Verspätung der barocken Bauform in unserer Region Europas handeln. Ich schrieb das in mein Notizbuch und später auf ein weißes Blatt, das ich über dem Schreibtisch im Atelier anbrachte. Mir gefiel die Arbeit. Als Bruckner damals mit Ceres und Bacchus gekommen war, hatte ich zwar den barocken Ton erkannt. Aber ich hatte den Pomona-Namen ja lange davor gewählt, nicht wegen Epochenbezügen, sondern wegen des Klangs. Und ja, von Pomona kam pomme, der Apfel! Im Grunde hatte ich keine Ahnung vom Barock, der Fortsetzung der Renaissance mit anderen Mitteln, und wusste nichts von seinen antiken Hintergründen. Um so entschlossener wählte ich aus Zitaten und Beispielen, ich kam gut voran.

Es war aber nicht, dass Bruckner wenig gearbeitet hätte. Ich hatte Zugriff auf seine Skripte, die er mir meistens zur Durchsicht gab, zum sprachlichen Feinschliff, sagte er. Ich ging trotzdem ab und zu in seine Vorlesungen. Wenn er redete, sah man sofort, dass er ausgezeichnet vorbereitet war. Er konnte jeden Augenblick sein Manuskript verlassen, um Beispiele aus dem Ärmel zu schütteln und in die Luft zu werfen wie Bälle, die genau das richtige Gewicht für eine schöne Flugphase hatten. Ich lernte viel in diesen Vorlesungen. Er prüfte jeden Entwurf, der sein Büro verließ, bis ins Detail. Wenn es um wichtige Aufträge ging, arbeitete er durch, genau wie seine Angestellten. Er war nicht zimperlich und konnte Persönliches fortlassen, wenn es um Entscheidungen ging, die er nur mit Frau Bruckner zusammen treffen konnte. Als sie den Zuschlag für einen staatlichen Auftrag bekamen, rief er mich morgens an und bestellte mich ins große Büro. Sie hatten Sekt und Kaffee, ich wurde mit seinen Architekten bekannt, Sascha Rauch und Jan Teublein, und mit Judith, der Praktikantin. „Du bist also die legendäre Fachkraft, die das Melancholie-Projekt durchziehen wird", sagte Sascha. „Früher war ich Lyrikerin", antwortete ich. Die Praktikantin kicherte, „Einmal Lyrik, immer Lyrik, Kathrin!", sagte sie. Ihre Stimme war hell und etwas zu laut von Übermüdung und Alkohol. Bruckner, der mit seinem Anwalt am Fenster lehnte, sah plötzlich her und hatte etwas Unbestimmtes im Blick, eine Irritation, einen kleinen Ärger. Ehe ich es identifizieren konnte, trat Frau Bruckner in den Lichtstrahl unserer Blicke hinein, „Kommen Sie, Kathrin", sagte sie zu mir, „ich darf Sie doch beim Vornamen nennen?"

„Ja", sagte ich. Frau Bruckner gefiel mir. Sie wirkte gar nicht versponnen. „Ich zeige Ihnen die Entwürfe." Das machte sie am Bildschirm, in ihrem Arbeitszimmer, und während sie durch die Ansichten klickte, fragte sie beiläufig: „Wissen Sie eigentlich, warum Bruckners Freundin sich von ihm getrennt hat?"

„Wir reden wenig Persönliches."

„Eine Studentin", sagte Frau Bruckner, „kurz vor dem Diplom. Sie hat für ihn Recherchen gemacht, schwarz. Und als die Publikation fertig war, hat er sie nicht einmal im Vorwort genannt."

„Vielen Dank, dass Sie mich warnen", sagte ich.

„Schon gut", sagte Frau Bruckner, „schon klar, dass Sie ihn nicht bloßstellen."

„Ich", sagte ich, „bin nicht seine Freundin."

„Seit er Sie eingestellt hat, hat er keine Freundin mehr gehabt. Ich warte ab," sagte Frau Bruckner. „Es stimmt doch", sagte sie nach einem Zögern, „dass er ihnen meine alten Zimmer vermietet hat?"

„Es stimmt", sagte ich. „Und ich habe wirklich noch nie so hell gewohnt, in so einer hellen Gegend, in einem modernen Haus, das ein Denkmal ist."

**

Zwei Monate später legte ich Bruckner einen Entwurf hin. Ich hatte jeden Morgen im Garten meine Übungen gemacht, ich hatte vor jedem Einschlafen zuletzt den Himmel zwischen Bäumen betrachtet, und ich hatte nie von Telefongesprächen mit fremden Leuten geträumt, bei denen es um Duschgel oder Mediennutzung ging. Einmal war durch das offene Fenster eine Katze ins Zimmer gekommen, ich war nicht erschrocken, sondern hatte nur die Tür weit geöffnet, die Katze hatte mich angesehen und war mit ganz geraden Schritten hinausgegangen. An den Wochenenden hatte ich manchmal ein bisschen im Garten gearbeitet. Es war nicht zwingend erforderlich gewesen, denn der Garten war so kunstvoll verwildert, dass nur ein Gärtner dahinterstecken konnte. Die Wiese mähte Bruckner tatsächlich selbst, tatsächlich mit einer Sense, er wäre vom Dorf, sagte er, zweimal im Jahr würde gemäht, Heu und Grummet, wenn ich es genau wissen wolle, er brauche keinen Rasen. Das stimmte. Eine Liegewiese wäre der letzte Platz gewesen, auf dem man sich Bruckner hätte vorstellen können. Aber für das Heu hatte er keine Verwendung, ich bekam nicht mit, was daraus wurde. Er ließ es trocknen, und eines Abends war es verschwunden. Das war der Abend, an dem ich wieder einmal ins „Opus magnum" gegangen war. Ich hatte niemandem vorher Bescheid gesagt, und als sie mir den Lesestuhl freigeben wollten, bedankte ich mich. Ich wollte nur zuhören. Mir fehlte nichts; wenn ich nachts aufwachte, um einen Gedanken zu notieren, bezog er sich immer auf das Melancholie-Projekt. Ich hatte aus Bruckners Material eine Gliederung destilliert und das erste Kapitel geschrieben, fünfzig Seiten. Ich legte es ihm auf den Schreibtisch, und dann sah ich durch die offene Tür, dass er gleich darin las. Am Abend fragte er, wovon das zweite Kapitel handeln sollte. „Wir haben nun vernommen,/ was für ein güldnes Land du hier hast überkommen", sagte ich. „Barockgärten", stellte er fest. „Ja", sagte ich, „der Garten als Ort der Liebe, der Fülle und des Verfalls." „Schöne Arbeit", sagte Bruckner, „Fleming haben Sie gelesen, Sie denken eben mit. Jetzt ist es aber wirklich mal Zeit, Pomona, ich gebe Ihnen Urlaub, und wir fahren nach Süddeutschland. Die Großbauten der Gegenreformation." Er lachte. Ich dachte keinen Augenblick daran, eine Woche Urlaub etwa nicht mit Bruckner und der Gegenreformation zu verbringen. Ich kaufte mir ein paar neue Notizbücher, damit ich nicht erneut Wochen mit der Zuordnung von Fotografien zu Ortsnamen würde verbringen müssen. Ich mochte es, neben Bruckner im Auto zu sitzen und die richtigen Abfahrten anzusagen, und es war auch nicht so, dass wir im Auto nur Monteverdi, Gluck und Purcell hörten. Bruckner hatte am Abend vor der Abfahrt an meine Zimmertür geklopft und gefragt, ob ich auch ein paar CDs einstecken würde. Ich nickte, und er ließ sich nachher nichts anmerken, wollte aber nichts zweimal hören, ganz besonders PJ Harvey nicht. Es war eine schöne Reise, und Bruckners Privatvorstellungen in Kirchen und Schlössern waren so instruktiv, dass ich an ihrem Ende sicher war, das Buch im Zweifel allein schreiben zu können. Ich merkte mir einfach sehr gut, was er sagte. Sicher, ich fand den ganzen falschen Marmor, die ergrauten Gipsengel und theatralisch ihre Weltenrichterhand schwenkenden Christusse meistens zum Lachen, und ich lachte auch. Bruckner meinte, er wolle sich ja nicht selbst loben. Er tat es aber doch, und dann sagte er, nur wer über den Stoff lachen könne, hätte ihn ganz und auch vom Gefühl her durchdrungen. „Ich hatte ganz recht", sagte er, „Sie aus dieser trüben Kneipe herauszuholen, Pomona!" Und ich hatte recht gehabt, mitzugehen anstatt die Leute weiter mit Anrufen zu belästigen. Abends holten wir am Rande irgend eines Klosterhofs unsere Rotweinflasche und das unterwegs gekaufte Weißbrot heraus, dann zog ich ein Buch aus der Tasche und las „Endlich wird aus Wasser Wein,/ Endlich kommt die rechte Stunde". Diesmal lachte Bruckner. „Reißen Sie nicht jeden Vers aus seinem Zusammenhang", sagte er, „es gibt einen Unterschied zwischen Abendbrot und Abendmahl." Er hatte recht, aber mir gefiel es zu und zu gut, ein Netz aus Zitaten zu weben. Zu erfinden eigentlich. Wir fuhren von Franken nach Oberbayern und von Oberbayern nach Baden, endlich landeten wir in Bruchsal. Auf der einen Seite des berühmten Treppenhauses stieg er hoch, ich auf der anderen. Als wir uns an ihrem oberen Ende wieder trafen, unter einer gemalten Kuppel, einem unendlichen, illusionistischen Himmel, änderte sich etwas. Ich war ein bisschen verschwitzt und müde, und irgendwoher kam ein feuchter Zug, „Hier ist nicht fertig saniert", sagte Bruckner, „es riecht nach Baustelle", er kam in meinen Luftraum und fragte, „Was machen wir jetzt?", und ich sagte: „Ist nicht die Grenze in der Nähe?"

„Willst du ins Elsass fahren?", ich nickte, „Hast du genug vom Barock?", fragte er, und es ging nicht ganz übergangslos, dass er mich duzte, nicht ganz so, wie er es vielleicht gern hinbekommen hätte, aber hin bekam er es. „Für heute", sagte ich, „hab ich genug", und wir fuhren gleich los und schnell auf die andere Seite und erst drüben nach Süden und weiter nach Süden durch die Weindörfer und blieben über Nacht bei einer Weingärtnerin, die ein paar Zimmer zu vermieten hatte, Bad auf dem Flur. Wir bezahlten sofort und gingen nicht erst dreimal ums Dorf, von Duschen war nicht die Rede, die kalten glatten Federbetten schluckten den Geruch von einem langen Tag, darunter roch Bruckner ein bisschen nach Rauch und einem Gewürz, das ich nicht erkannte. „Du schmeckst nach Oliven", sagte er, „wir hätten ans Mittelmeer fahren sollen." „Nein", sagte ich, „ich will an den Atlantik oder gar nichts", „Willst du denn überhaupt nicht zu deinem Namen passen?", fragte Bruckner, und ich sagte: „Das ist doch nur ein Pseudonym", „Verstehe", sagte Bruckner, „ein Kriegsname, aber in welchem Kampf stehst du denn?", und ich sah ihn im Dunkeln an und fragte: „Weißt du das etwa nicht, Bruckner?", „Endlich lässt du das Herr weg", sagte er, „Klar", sagte ich, „deshalb sind wir doch über die Grenze gefahren", und er vergaß seine Frage wieder. Es war ein bisschen schmutzig mit ihm, wir waren beide gierig, wenn auch aus verschiedenen Gründen, und später, als ich einschlief, dachte ich noch, die Sache hätte das Potential, uns zugrunde zu richten.

Ich wachte auf, als Bruckner ins Bad ging und dann wiederkam, „Da ist eine tolle Badewanne", sagte er, „ein riesiges Ding mit Löwenfüßen, aber nur kaltes Wasser." Ich duschte trotzdem, bis alles rot war und weh tat vor Kälte. Als ich zurückkam, war Bruckner schon angezogen, „Auf auf", sagte er, „das ist das Schöne an alten Männern, sie schlafen nicht so viel." Er lachte, aber darunter war eine sympathische kleine Unsicherheit. Alle Magie beruht auf Sympathie, ich kreuzte schnell den Mittel- über den Zeigefinger, damit er nicht zuviel Macht über mich bekommen sollte, nur weil er mir manchmal ähnlich war. Ein paar Orte weiter frühstückten wir in einer Bäckerei. Gegenüber stand eine Kirche, auf deren Dach hockte eine Gestalt, der ein steinerner Riese im Nacken saß, unsymmetrisch und furchterregend, ich holte meine Kamera heraus und machte ein Bild davon. „Du fotografierst ja auch", sagte Bruckner überrascht.

„Nur manchmal, wenn-"

„Wenn etwas mit dem Krieg zusammenhängt, in dem du stehst?", fragte Bruckner.

Er hatte es nicht vergessen. „Nein", sagte ich, aber das war gelogen.

Drüben wurde die Kirche aufgeschlossen, „Du willst da hin", sagte Bruckner, „geh vor, ich zahle."

Drinnen waren zwei Frauen dabei, weiße Blumen an die Seitenwände der Bänke zu binden. Sie brachten auch zwei hochlehnige Stühle und stellten sie vor dem Altarraum auf. Es gab keine Ausmalung, nur Steinmetzarbeit. Ich hörte, wie Bruckner hereinkam, drehte mich aber nicht um, ich wartete einfach, dann stand er hinter mir, schob seine Hände unter meinen Achseln durch und zog mich langsam an sich. „Willst du die Braut sehen?", fragte er, ich schüttelte den Kopf. Wir fuhren aber nur ein paar Dörfer weiter, wo die Karte eine Burg verzeichnete, es war eine Ruine mit alten Kastanien davor und im Innenhof, seitlich bildeten Fundamentreste eine Art Bank, da gingen wir hin. Bruckner faltete seine Jacke und legte sie mir unter den Hintern, und ich dachte wieder, dass die Sache eine Tendenz haben könnte, aus dem Ruder zu laufen.

Später sahen wir dann doch noch eine Hochzeit. Die Hochzeitsgesellschaft war riesig, die Braut höchstens neunzehn. Ich wollte sehen, wie sie vor der Kirche für den offiziellen Fotografen Aufstellung nahmen, es gab keinen, Freunde und Verwandte machten alle ihre eigenen Fotos, ich war enttäuscht. Bruckner sagte, Familienfotograf, das sei ein aussterbendes Gewerbe. Wir mussten auch nach Berlin zurück. Ich wäre gern gefahren, wollte Bruckner jedoch nicht bitten, mich ans Steuer zu lassen, und er fragte nicht. Er fuhr sehr schnell und bedrängte zweimal andere Fahrzeuge, damit sie die linke Fahrbahn verließen. Genau genommen wirkte er, als ob etwas in ihm ausgebrochen sei, ich wusste nur nicht, was. In Berlin kamen wir nach Mitternacht an. Wir gingen zusammen durch das Gartentor, ich ging die paar Schritte weiter, um die Seitentür aufzuschließen, die an meinem Ende des Flurs lag. Ich wollte nichts mehr, nur eine heiße Dusche, Bruckner fragte, ob wir nachher noch sprechen würden, ich war so müde, dass ich bloß nicken konnte. Dabei war er ja gefahren, nicht ich. Vielleicht war es, dass die Notizbücher plötzlich so schwer waren wie Lexikonbände. Ich räumte meine Tasche nicht aus, sondern warf nur die getragene Kleidung daneben. Dann holte ich doch die Kamera heraus und schaltete sie ein, um mir noch einmal das Bild der romanischen Riesen auf dem Kirchendach anzusehen. Morgen würde ich es ausdrucken und eine vergrößerte Kopie anfertigen, um sie in mein Zimmer zu hängen. Ich hörte Bruckner im großen Bad, ich duschte lange und heiß und kalt, bis ich wach genug war, über den Flur zu Bruckner zu gehen.

Als ich in sein Zimmer kam, hatte er Tee gemacht und war wieder mild. Er schaute auf meine Füße, „Dass du barfuß zu mir kommst", sagte er. Wir küssten uns in seinem großen leeren Zimmer, die Gier der vorigen Nacht war wie weggeblasen. Meine früheren Affären waren immer kompliziert und neurotisch gewesen und hatten in Zimmern stattgefunden, durch die sich Kabelsalat von Rechnern und Musikanlagen zog, wo es Ringe von Kaffeebechern auf dem Schreibtisch gab und wo teilweise korrigierte Ausdrucke auf Schmierpapier sich stapelten. Hier musste man nicht an die vielen Fenster gegenüber denken, aus denen jemand schauen konnte. Hier hatte die Schmutzwäsche ein eigenes Zimmer. Wenn der Körper sich in einen anderen verschränkte, konnte der Geist sich leicht daraus erheben und erkannte von oben die Gliedmaßen in ihrer sinnreichen und kunstvollen Anordnung. Als ich endlich schlafen ging, musste ich Bruckner auch nicht überzeugen, dass ich allein schlafen würde. „Geh nur", sagte er, „in dein Gärtnerinnenbett."

**

Es änderte sich weniger, als man meinen würde. Es ergab sich weder dass wir gemeinsam zur Arbeit fuhren noch dass wir gemeinsam zurückkehrten. Sondern wenn wir es manchmal taten, verabredeten wir uns dafür, wie wir uns verabredeten, ins Theater zu gehen. Bruckner klopfte an, ehe er eintrat. Manchmal ließen wir die Türe offen stehen, das war das Zeichen und die Bitte. Manchmal gingen wir auch gemeinsam in den Garten, aber weil er nur den Apfelbaum hatte und die halbwilden Blumen und ein paar Sträucher und Bäume, die beim Hausbau wohl einfach stehengeblieben waren, und weil er die schwierigen Sachen wirklich von einem Gartenbaubetrieb machen ließ, darum war die Arbeit gerade so leicht, dass sie sich wie Spiel anfühlte. Wenn ihm etwas gefiel, das ich geschrieben hatte, legte er die Hand auf meinen Arm. Wenn ich mich verspekulierte, sagte er nur, wo ich noch einmal tiefer schürfen sollte. Die Welt war klar. Nur dass mir etwas im Nacken saß, das griff nach dem Chaos in meinem Innern, um es an die Luft zu zerren, wo es zu einer Wolke aus Staub und Dunst werden würde, die die Sicht für immer trübte. Wenn es zu stark wurde, ging ich in die Akazienstraße und saß stumm herum und kritzelte vor mich hin. Ich hatte wieder angefangen, Gedichte zu schrieben, und ich hielt mir auch keine getrennten Notizbücher für das Melancholie-Projekt und für dieses Gekritzel, morgens tippte ich es vor der Arbeit noch ab, dafür benutzte ich mein altes Notebook. In Bruckners Rechner legte ich mir einen privaten Pfad an, wo ich meine Daten sicherte, aber ich gab ihnen kein Kennwort. Ich ließ auch die Notizbücher offen herumliegen, weil ich einfach nicht wollte, dass er heimlich hereinschauen würde, wenn er ins Atelier kam und ich war nicht da. Ich konnte die Dinge eben nicht so klar auseinanderhalten, wie Bruckner das konnte, Klarheit war schön, aber ich schichtete lieber eine transparente Schicht über die andere, tausend Schichten zwischen klar und trüb, in der Ferne dahinter leuchtete ein Blau, gedämpft drang es durch. Ich wollte, dass Bruckner, wenn er an seinen barocken Türmen vorbei in die Ferne schauen würde, dort den Horizont sehen könnte, fern und in einem durch tausendfache Schichtung gebrochenen Blau. Wir langweilten uns keine Sekunde, wir hatten eine vollkommen erwachsene Beziehung, wir hätten glücklich sein können. Ich schrieb sein Buch, nicht einmal ich wusste noch, welche Gedanken er mir gesagt und welche ich einfach erfunden hatte. Nur was ich in anderen Büchern zusammengelesen hatte, war wunderbar dokumentiert, ich hatte Hunderte Fußnoten und Querverweise, um den Anschein von Ordnung herzustellen. Als er das Manuskript zum ersten Mal ganz gelesen hatte, fragte er, wohin ich mit ihm reisen wollte, wenn das Buch erschienen wäre, auf eine Insel vielleicht, er sagte Kreta, Korsika, er sagte Stromboli, und ich sagte: „Ich will an den Atlantik oder gar nichts." An dem Abend nahm er mich wieder im Auto mit nach Dahlem, es war Winter geworden und glatt, er fuhr zu schnell, und einmal streifte er beinahe eine Radfahrerin. Er hielt mich dann am Arm, so dass ich mit ihm durch seine Tür ins Haus gehen musste, und ich ließ mir das gefallen. Er nahm im Vorbeigehen eine Wasserflasche hoch und trank daraus, er trank zuerst und gierig, dann hielt er sie mir hin. Es war kalt und prickelte in der Kehle, ich musste husten. Bruckner verlor keine Zeit damit, Jacken auf Bügel zu hängen oder Schuhe nebeneinanderzustellen, es gab kein Vertun, und er überließ mich nicht dem Augenblick, in dem mein Geist sich hätte vom Körper lösen können. Die Gedanken wurden flüssig und gingen direkt ins Blut, und da verlor ich den persönlichen Kontakt zu ihnen. Und dann stand Bruckner noch einmal auf mitten in der Nacht und ging zur Terrassentür und riss sie auf und zog mich da hin und griff mir in die Haare und packte meinen Kopf. „Irgendwo", sagte er, „hegst du ein Nachtschattengewächs, Pomona, irgendwo hast du eine Droge angepflanzt, irgendwo in deinem Kopf hast du eine Raserei."

Ich sagte den Namen Gryphius, ich wollte sagen: „Ein Vogel, der verschrencket/ Im festen Käficht steckt iemehr Begier ihn lencket/ Nach dem / was Freyheit heißt: Je härter kommts ihn an-"

Bruckner sagte: „Lass Gryphius aus."

Ich sagte: „Es gibt keine Melancholie ohne Raserei", aber Bruckner sagte: „Es gibt kein Barock ohne Täuschung."

„Das war doch dein Projekt", sagte ich, „da habe ich das gelernt, Bruckner", und er sagte: „Ja, und dafür habe ich dich bezahlt."

„Ja", sagte ich, „aber das ist nicht der ganze Preis", und ich sah, dass er wütend war, er sagte: „Das hat meine Frau dir in den Kopf gesetzt!"

„Was?", fragte ich.

„Was glaubst denn du, was ich tun werde?"

„Was?"

„Du glaubst, ich lasse dich ein Buch schreiben, und dann steht nur mein Name auf dem Einband, glaubst du das?"

„Ich warte ab", sagte ich.

„Das hast du auch von ihr", sagte er.

„Sie hat gesagt, dass es schon einmal passiert ist", sagte ich.

Er griff mir wieder in die Haare. „Einmal Lyrik, immer Lyrik", sagte er.

Wer fragt, führt. „Ist es passiert oder nicht?", fragte ich.

„Lass meine Frau raus", sagte Bruckner, „und lass meine Freundinnen von früher."

„Ist es passiert oder nicht?", fragte ich.

„Mein Vorleben", sagte er.

„Ist es passiert oder nicht?"

„Mein Vorleben ist passiert", sagte er, „und es geht dich nichts an."

Er hielt mich noch immer an den Haaren. Er war ein nackter, untersetzter Mann Mitte fünfzig, ich hatte Angst vor ihm, und ich wusste, dass ich stärker wäre, wenn ich es ernsthaft wollte. Das war gleichzeitig, diese Gedanken, aber am stärksten war der Gedanke, dass es wirklich war. Das geschah wirklich, wir standen wirklich in dieser Tür zum Garten, barfuß, und es war wirklich Winter, es gab keinen Schnee, aber etwas Reif glitzerte da, und das war, und Bruckner sagte: „Du bist nicht das akademische Prekariat in meinem privilegierten Ausbeuterleben."

In seinen Augen sah ich, dass er mich gern geschlagen hätte und dass er dachte, ich wäre es, die ihn so weit getrieben hatte.

„Ich bin Kathrin Mantek", sagte ich, „sag es", sagte ich, „los, sag es!"

Er schlug mich nicht, griff nur noch fester in meine Haare, dann sagte er: „Kathrin Mantek."

Ich griff mit beiden Händen nach hinten und umfasste seine Hand, so dass er nicht weiter an den Haaren reißen konnte, und hielt ihn fest, und sein Blick war mir gleich jetzt. Die Haut würde schon nicht mitgehen, dachte ich und drehte mich, dabei immer seine Hand festhaltend, und er machte tatsächlich nichts mit der anderen, freien Hand, wir waren gleich stark in diesem Kampf, er hatte seine zweite Hand vergessen, und ich dachte, egal, was jetzt noch käme und welches Potential diese Reise hätte, sie würde mich nicht zugrunde richten. Ich würde es sein, die ihn eines Tages verließe. Aber zuvor würden wir noch einmal ein Buch schreiben, und das Thema würde dann ich bestimmen, und wir würden zu meinen Bedingungen an den Atlantik reisen, ich würde das diktieren, dass er in dieser kalten Luft sein müsste, wie ich jetzt war, nackt vor einem winterlichen Garten, und ich dachte, dass ein nasser Dunst aus dem Meer hochsteigen würde, den ein scharfer Wind verteilen und gegen unsere Gesichter treiben würde, und dass das wirklich sein würde, wie alles wirklich war, was aus dem Chaos kam.

Leise flehen meine Lieder

Oben geigte jemand. Aus dem U-Bahn-Schacht quollen die Leute. Inge klatschte auf den Handlauf der Rolltreppe, weil sie nicht an den rechts stehenden Menschen vorbeikam. Weiter oben war ein Paar, das alles blockierte. Sie wäre ja auf der Treppe schneller gewesen. Unmittelbar vor ihr stand eine Frau im rosagrauen Chanel-Kostüm. Sie hatte den konzentrierten Stand, dem man ansah, dass sie seit Stunden nur daran dachte, ihre Pumps auszuziehen. Sie zählte die Schritte zu ihrer Wohnung. Oben scherte endlich das Paar aus dem Menschenstrom aus. Es waren nicht mehr junge Leute, die auf den Stadtplan zustrebten, vor dem die Geigerin stand. Inge dachte, dass der Plan sowieso veraltet war. Vor zwei Tagen hatte man den Glaskasten abgenommen. Wahrscheinlich würde der Plan verschwinden, der die Stadt noch mit einer ziemlich harten Demarkationslinie im Inneren und außen herum zeigte. Das Paar stellte sich halb mit dem Rücken davor, einander gegenüber. Es sah aus, als werde er ihr gleich einen Heiratsantrag machen, aber es war wahrscheinlicher, dass sie die Silberhochzeit hinter sich hatten. Er öffnete seine Jacke und nahm etwas aus der Brust, sein Herz?

Jetzt konnte sie allmählich aufhören, das Paar anzustarren. Sie hätte ihren Schritt gar nicht erst verlangsamen dürfen. Sie wollte nach Hause. Inge fingerte ein Markstück aus der Hosentasche und brachte es der Geigerin. Die blickte über den hohen Kragen ihres Pullovers. Es war zugig hier, ja. Inge mochte das Lied nicht und summte eine Zeile aus der „Winterreise" dazwischen. Die Geigerin griff den Ton auf und setzte die Melodie fort. Inge dachte, die Geigerin wäre bestimmt Russin. Sie hatte einmal gehört, die liebten Schubert. Und dann kamen sie nach Deutschland, und die Deutschen liebten Schubert gar nicht. Die Russin damals in dem Laternencafé hatte russische Lieder gesungen. Die waren so schwer gewesen, und Inge hatte mehrere Schnäpse getrunken, und dann war ein Mann an ihren Tisch gekommen, den nannten sie den Grafen in dem Lokal, und er hatte ihr die Hand geküsst und sie auf Russisch gefragt, ob auch sie Russin sei. Sie war keine gewesen, sie war sich vorgekommen wie in eine Stormsche Novelle geraten. Sie hatte den Rest des Abends vergessen. Nicht ganz vergessen. Die Geige glitt in ein anderes Lied, „…durch die Nacht zu dir."

Inge ging jetzt langsamer, der Dame hinterher. Der Mann war verschwunden, als Inge sich umdrehte, sah sie sein Tweedjacket auf der Rolltreppe, die nach unten fuhr. Und oben standen zwei Männer und verteilten kostenlose Tageszeitungen. Inge ließ sich eine geben, sah aber nicht hinein, sondern steckte sie zu den anderen Zeitungen in die Tasche. Später würde sie alles lesen, am Abend, wenn das professionelle Interesse in ein privates überging. Die Dame ging rasch zwischen den Leuten hindurch und an den Aufreißern einer Organisation vorbei, die hier Spenden eintrieben: „Möchten Sie, dass Kinderschänder strenger bestraft werden?"

„Und dafür gebe ich mein Geld Männern, na klar."

Inge schob den Kerl beiseite, der gefragt hatte. Zwei Schritte weiter roch es nach überreifen Bananen, sie spürte wieder das Gewicht ihrer Tasche und eine milde süchtig machende Schwäche im Magen. Jetzt etwas kochen. Frischer Spinat, eine Mangofrucht. Ein Kaffee, drei Zigaretten auf dem Balkon. Jazz, der aus dem Lokal gegenüber wehen würde. Sie blieb stehen und kaufte. Die Tüte mit den Spinatblättern behielt sie in der Hand, damit sie nicht zerdrückt wurden. Jetzt hatte sie die Dame aus den Augen verloren. Aber das passierte ja dauernd. Deshalb lebte sie in der Stadt, wegen dieses Gedränges. Leute, die es eilig haben, Frauen mit Kopftüchern und zum Platzen vollen Plastiktüten, durch deren Haut sich Tomaten und Pfirsiche abzeichnen, Mäntel bis zum Boden, und dann Jeans darunter. Eine Obdachlose schob einen Einkaufswagen, in dem sie Bündel von Habseligkeiten aufbewahrte. Sie trug zu große Sportsandalen, und in dem luftleeren Raum, der sich um sie gebildet hatte, blieb Platz, das Ding halb zu wenden. Sie schob damit in die Seitenstraße neben dem Kaufhaus, bückte sich, nestelte etwas an ihren schweren Wollstrümpfen und stand lange so gebückt, ohne sich zu rühren, während ihr die grauen struppigen Haare über das Gesicht fielen, und der Raum um sie herum blieb frei. Dreadlocks, ohne Seife, ohne Zucker, Dreadlocks. Eine Gruppe Mädchen rannte bei Rot und verschwand im McDonald's jenseits der Straße. Das Leben in der Stadt war, wie Filme das Leben in der Stadt zeigten. Um den Stamm der Ampel hatte jemand große Pappschilder gebunden. „Leben immer und ewiglich!" und „Wer Ehebruch begeht, verachtet Gott!": Ein bärtiger Greis verteilte Handzettel. Die Schilder waren sauber und genau beschriftet. Inge ging auf ihn zu und wollte einen seiner Handzettel nehmen, für ihren Ordner „Genie und Wahn". Sie musste ausweichen. Die Dame von vorhin stand vor ihm und redete ihn an. „Vater! Bitte komm mit mir mit."

Der Greis stutzte und sagte entrückt, indem er durch die Frau durchsah, „Die Hure sitzt am Wege und lockt, doch ich folge ihr nicht."

Inge war schon vorbei gewesen. Jetzt drehte sie sich um.

Die Frau versuchte es erneut, „Vater, bitte komm mit."

Der Alte schüttelte den Kopf und drückte einer Passantin das Flugblättchen in die Hand. Inge ging zwei Schritte zurück, auf ihn zu, hielt die Hand hin und ließ sich ebenfalls eines der Blätter geben. Während er es ihr reichte, sagte er „Beherzige das Wort Gottes, mein Kind, so wirst du leben ewiglich."

Inge musste grinsen, da sah sie die Frau. Sie sah beschämt aus. Inge schlug die Augen nieder. Es haben eben alle ihr Päckchen. Im Weggehen hörte sie die Frau sagen: „Du machst dich zum Gespött der Leute. Wo wirst du heute Nacht bleiben, Vater?"

Er giftete „Des Menschen Sohn hat nicht, wohin er sein Haupt lege."

Studentinnen boten Probeabos der großen Zeitungen an. Zwei Männer in Bergschuhen verkauften Silberschmuck und Räucherstäbchen. Inge widerstand dem Impuls, sich in das Leben anderer Menschen einzumischen. Sie widerstand immer.

Sie stellte die Tasche hinter der Wohnungstür ab, öffnete ein Fenster und ging in die Küche. Automatisch schaltete sie das Radio ein, ließ Wasser einlaufen und begann den Spinat zu waschen. Beim dritten Mal blieb kein Sand zurück, und sie häufte die Blätter in die Salatschleuder. Aber sie hatte keinen Hunger mehr. Sie drehte die Musik voll auf und duschte sich. Sie hatte Zeit, es war Freitag. Sie hockte im Bademantel vor dem Kühlschrank, in dem eine angebrochene Weißweinflasche stand. Schließlich zog sie sich doch wieder an, schloss das Fenster, nahm die Zeitungen aus der Tasche und ging ins Café gegenüber. Es war nicht voll, die Luft war noch frisch. Inge behielt die Jacke an und bestellte Espresso und Wasser. Als sie den Tabak aus der Jackentasche fingerte, fühlte sie das Blättchen zwischen den Fingern, das ihr der Mann am U-Bahnhof gereicht hatte. Sie legte das Papier auf ihren Zeitungsstapel und betrachtete es, während sie sich ihre Zigarette drehte. „Leben immer und ewiglich." Dann klappte sie das Papierchen auf und überflog die Zeilen in der kopierten groben Schreibmaschinenschrift. „Liebe, das ist der Trank, den du trinken sollst. Liebe mit dem harten Trank des Geifers, denn du hast die Liebe nicht gemacht, sie ist des Herrn." In der letzten Zeit tauchten wieder mehr religiöse Spinner auf. Ihr Espresso kam. Inge steckte den Zettel weg. Neue Leute betraten das Café, in der Tür noch mehr Leute, und eine Person stand im Eingang, die Dame von vorhin. Sie horchte auf die Musik, die ziemlich laut war, entschied sich dann aber doch, hereinzukommen und sich im Café umzusehen. Es gab noch leere Tische, trotzdem steuerte sie auf Inges Tisch zu und fragte, ob hier frei sei.

„Wenn es Sie nicht stört, dass ich rauche."

Nein. Inge schüttete Zucker in den Espresso und rührte, bis die süße Masse am Boden der Tasse sich auflöste.

Die Dame sagte, sie werde nicht lange bleiben.

„Sie stören überhaupt nicht. Ich habe Zeit."

Wie schön. Sie fragte, ob Inge Studentin sei.

Nein.

„Ich dachte wegen der Zigaretten. Meine Kinder rauchen auch Selbstgedrehte."

„Ich habe es mir tatsächlich beim Studium angewöhnt."

Die Kinder der Dame waren aus dem Haus. Und die Große hatte ihr erstes Kind, das erste Enkelkind der Dame.

Inge dachte nach, ob ein richtiges Gespräch entstünde.

„Ach, meine Kinder, um die mache ich mir keine Sorgen, die machen schon ihren Weg."

Inge lächelte, die Dame holte Luft. „Ich mache mir nur Sorgen wegen meines Vaters."

Inge konnte noch einmal lächeln. Sie sagte nicht, dass sie den Vater gesehen hatte, und die Dame hatte sie anscheinend dort nicht wahrgenommen.

„Er ist verrückt."

„Ihr Vater?"

„Verzeihen Sie, ich will Sie nicht belästigen."

Inge sog die Worte der Frau auf und lächelte weiter. Wenn du lächelst, erzählen sie alles. Es ist wie Kino.

„Es hat angefangen, als die Große kam. Die ist jetzt zweiunddreißig. Ich habe damals nicht geheiratet. Da hat mein Vater mir gedroht, das wäre nicht christlich. Ein Kind braucht einen Vater und eine Mutter. Er war katholisch."

Die Serviererin kam, und die Dame bestellte Kaffee im Kännchen und einen Weinbrand. Sie holte tief Luft. „Einen guten.- Trinken Sie ein Glas mit?"

Inge nickte.

„Auch so einen?"

„Lieber einen Whisky. Ohne Eis."

„Ja, Kognak ist heute nicht mehr modern. Wenn ich mal mit meinen Kindern essen gehe, zum Italiener, da trinken wir hinterher Espresso und Grappa. Aber man kehrt immer zu dem zurück, was man in der Jugend geliebt hat. Ich wollte nie heiraten. Es geht auch so. Ich habe einfach Glück gehabt. Über dem Geschäft war eine Wohnung frei. Wenn das Wetter gut war, konnte die Kleine den ganzen Tag im Hof spielen, und ich hatte immer ein Auge drauf. Der Ladeninhaber, der mochte mich. Aber nicht, wie man denken möchte. Es ging alles mit rechten Dingen zu. Feinkost und Delikatessen. Ich war die einzige Angestellte. Mein Vater dachte, dass ich mit dem etwas habe. Dauernd ist er in die Kirche gerannt und hat gebetet. Der Herr, sagte er immer, rächt alles. Der Herr rächt alles. Ich bin ausgetreten. Ich hatte mit mir zu tun, nicht wahr?"

Inge nickte.

„Jedenfalls der Vater meiner Tochter war immer lustig, immer froh."

Die Getränke wurden auf den Tisch gestellt. Inge nahm rasch ihr Glas. Der Schlag in den Magen war scharf, heiß und anonym. Inge dachte, sie würde nachher in eine Bar gehen.

„Na schön. Der ist nicht bei mir geblieben. Ich bin aus der Kirche ausgetreten. Mein Vater ist verrückt geworden. Sonst rennen die Frauen in die Kirche, in meiner Familie war es genau umgekehrt."

Und warum ließ die Dame ihren Vater denn nicht einfach verrückt sein? Weil die Erinnerung entweder eine Blackbox ist oder ein Gefängnis.

„Ich verstehe nicht, warum ich noch immer an ihm hänge. Er ist mein Vater."

Inge lächelte sie an, und sie bestellten noch einmal. Niemand holte Familienfotos raus.

„Wohnen Sie hier?"

Inge nickte.

„Haben Sie meinen Vater noch nie gesehen? Er hat einen Plan, drei Wochen lang jeden Tag ein anderer Platz. Er steht an Ampeln, wo viele Leute über die Straße gehen. Nach drei Wochen geht es wieder von vorn los. Komisch, am meisten wird er in bürgerlichen Gegenden angepöbelt. In manchen Straßen, oben an der Kurfürsten und so weiter, wo ich immer denke, er bekommt noch einmal Prügel von den ganzen Zuhältern, da lassen sie ihn sein. Man denkt doch, die regen sich am meisten auf! Aber die regen sich nicht auf. Gehen da mit ihrem Kampfhunden herum und lassen ihn sein. Die wissen, dass er verrückt ist."

Die Dame lachte. Inge drehte sich eine neue Zigarette. Mehr Weinbrand, mehr Whisky.

„Heute wollte ich mit ihm eine Wohnung besichtigen. Die Kaution hatte ich dabei. Er ist verrückt, wissen Sie? Er hat keine Wohnung. Er schläft in einer Pension mit lauter Obdachlosen. Manchmal übernachtet er gleich auf der Straße. Jetzt geht es noch. So lange es warm ist, geht es. Aber der Winter kommt. Letztes Jahr hat er sich einen Zeh abgefroren. Krätze hat er auch gehabt. Des Menschen Sohn, sagt er immer, weiß auch nicht, wohin er sein Haupt legen soll. Ich habe es manchmal satt."

**

Die Dame schaute hoch, zu einem Menschen, der sich vor dem Café nieder-
ließ. Inge entfernte sich. Die Dame schaute zu dem Menschen vor dem Café. Inge befand sich im Licht des Vormittags. Sie saß auf dem Stuhl vor
dem Tisch eines Psychologen. Die Inge des Abends lächelte der Dame zu.
Die Dame schaute zu dem Menschen vor dem Café. Eine Sekunde gefror.
Inge sah die Dame an und sah in das Licht des Vormittags und in die Augen
des Mannes, den sie zu befragen hatte. Sie lächelte professionell. Inge spürte, dass der Psychologe sie beobachtete. Sie wünschte sich, vor seinen Augen zusammenzubrechen, und hatte Angst, etwas von seiner Rede zu verpassen. Er hatte sich in Wut geredet. Sie durfte den Anschluss zur nächsten
Frage nicht verlieren, nicht den Punkt, an dem sie nachhaken musste. Sie
konzentrierte sich auf ihr Konzept von Fragen. Die Dame sah interessiert
durch die offene Tür des Cafés. Der Mensch, der sich vor dem Café auf
einen Hocker gesetzt hatte, spielte eine Geige, die nur eine Saite hatte. Er
stützte das Ding auf den Boden, und ein Ton schnitt die Luft. Inge kannte
den Mann, manchmal spielte er vorn auf der Hauptstraße, manchmal kam er
zu den Cafés. Er sah aus, als käme er aus der Mongolei. So stellte sich Inge
jemanden aus der Mongolei vor. Die im Café hatten die Musik ausgestellt,
und etwas später stand die Dame auf und ging zu dem Geiger. Sie sprach
mit ihm und legte dann einen Geldschein in die messingfarbene Schale, die
vor ihm stand. Er lächelte so gut wie nicht. Seine Hände waren auch mes-
singfarben.

Die Inge des Vormittags hatte einen großen Bogen Papier kreuz und
quer mit Fragen beschrieben, verschiedene Farben, Springen von Frage zu
Frage. Ein Auge auf das Aufnahmegerät, zwei Augen in die Augen des
Psychologen, ein Auge auf das Konzept. Er lächelte gar nicht. Er war der
Leiter eines Instituts, in dem Überlebende politischer Gewalt medizinisch
behandelt wurden. Inge war sich ihres professionellen Verhältnisses zu beinahe allen Personen sicher, die sie je befragt hatte. Sie hatte noch nie gezö-
gert, ehe sie eine Frage stellte. Auch der Psychologe ließ sich von ihr leiten.
Inge sah den Mann vor dem Café, der jetzt von seinem Hocker aufstand.
Die Dame setzte sich nieder. Er reichte ihr den Bogen. Mit seiner Messing-
hand führte er die Hand der Dame über die eine Saite, und der ziehende Ton
erschien wieder, keine Melodie und direkt in den Eingeweiden, ein glückse-
liges Weinen. Inge dachte, dass sie es geschafft hatte. Sie hatte einen Beruf,
in dem sie blind verstehen durfte. Sie drehte das Café einmal in ihrem Kopf,

einmal drehte sie zurück in den Vormittag. Sie fragte nach den Symptomen. Vielleicht beobachtete der Psychologe sie. Er zählte durch, Panik, Träume. Rauschten in ihre Ohren. Schlaflosigkeit. Depression. Durchzählen. Inge behielt ihn ohne Pause im Blick. Gedächtnisverlust kam zum Schluss. Sie machte eine Fläche aus ihrem Gesicht. Der Alptraum rauschte in ihre Ohren. Das Café wurde unter Musik gesetzt wie unter Wasser, die Melodie ohne Melodie füllte Inges Lunge. Verstehen heißt, auf mehrere Leinwände gleichzeitig zu blicken, dachte Inge.

„Ich bin Historiker", sagte der Psychologe, „ich zeichne die Spuren der Existenz nach. Ihrer Existenz in der Heimat, in der Familie, im Dorf, in den Gefügen der Macht und so weiter, den Überlebenden ihre Existenz bewusst machen, indem sie alles noch einmal erleben. Und dann Geschichte haben."

Das Symptom heißt Gedächtnisverlust. In der Familie? Sie glitt weg. Aber sie durfte jetzt nicht den Anschluss verlieren. Etwas war politisch. Wieso Familie? Inge dachte, dass er durch die Augen bis in ihre Schuhe sehen konnte. Gedächtnisverlust. Stand ihr nicht zu. Oder ein Nachlassen in der Aufmerksamkeit. Sie fragte immer weiter. Es gab keine politische Gewalt in der Familie, sie brachte nur etwas durcheinander. Sie würde es später ordnen, wenn sie die Bänder abhörte. Um die massige Gestalt des Psychologen surrte eine Wespe, die mit dem Vormittagslicht hereingekommen war. Sie konzentrierte sich gleichzeitig auf das Bild der Wespe und den Ton der Psychologenstimme, außerdem dachte sie daran, sich gerade hinzusetzen und in den Bauch zu atmen. Staub flirrte in der Sonne.

„Stört sie Sie?" Er winkte mit der Hand, die Wespe flog durch das Fenster. „Ich habe ihr den Weg gewiesen."

Inge lachte, hysterisch oder befreit. Sie saß kerzengerade. Brachte sie jetzt etwas durcheinander. Sie musste ihn fragen, ob sein Konzept auch Rache beinhalte. Vielleicht Hass. Sie fragte. Die Inge des Abends sah auf eine ältere Dame, die das Instrument eines Straßenmusikers spielte. Ihr Gesicht spiegelte keinen Hass. Glückliches Weinen, durch das die Stimme des Psychologen drang.

„Durch den Hass muss man durch, man muss den nicht kleinmachen. Hass ist politisch. Hass haben alle."

Die Inge des Vormittags hielt sich aufrecht. Sie hatte das Gefühl, ihr Rückgrat werde brechen. Vor den Augen dieses Mannes, der Schlimmeres gesehen hatte als eine leicht hysterische Journalistin, die einfach brechen konnte, zerfallen, ihre Fassade, wie ein Kartenhaus, und dahinter die Leere ihrer eigenen nur vorgestellten Symptome. Sie fragte. Gewalt gegen die Politischen. Kleine Schritte, dachte sie, kleine Schritte, dann überraschen.

Männer, die Gewalt üben. Sie fragte blind. Gewalt gegen Männer. Sie verstand blind. Sexuelle Gewalt gegen Männer. Sie fragte sich eine Sekunde lang, ob der Psychologe blind antwortete. Er sagte: „Einem Mann wird durch Penetration sein ganzes Selbstverständnis genommen", und während sie sich von der Wirklichkeit verabschiedete, sagte eine strohtrockene Stimme „Wieso Männern". Niemand hatte das gehört. Das hatte sie sich eingebildet, jetzt, dass sie das gesagt hatte. Sie hatte ihn nur verstanden. Sie saß an einem Sprelacarttisch in einem Behandlungszimmer. Sie war ein Gast, der die Worte dieses Mannes aufzeichnete, die Geschichtsschreiberin des Geschichtsschreibers. Das war heute früh gewesen, sie saß in einem Café, sie befand sich unter der Kellerdecke der Erinnerung, sie sah sich und den Psychologen auf den beiden Seiten eines Tisches aus Sprelacart. Sie hatte sich das im Nachhinein eingebildet, sie war ja Fragen weiter, das zweite Band war beinahe voll, sie hatte beinahe alle Fragen auf dem Bogen Papier durchgekreuzt. Der Psychologe hatte beinahe alles beantwortet. Er konnte darauf zählen, dass die Leser dieses einfühlsam geführten Interviews Unterstützung leisten würden. Er konnte sich darauf verlassen, dass eine Journalistin niemals so unpolitisch wäre zu weinen. Distanz und Empathie, unvermeidlich. Verstehen Sie?

**

Jemand rief, sie sollten aufhören mit dem Quatsch. „Wenn schon, dann mit Musike drin!"
Die Dame sah hoch. „Da ist Musike drin, Sie."
„Katzenmusike, wie?"
Inge sah, dass es der Dame nichts ausmachte. Sie sah froh aus, brach aber ab, nickte dem Musiker zu und kam zurück an den Tisch, an dem Inge saß. Die Geige spielte weiter. Das Café drehte weiter. Die Straße war laut und voll Abgas. Inge fühlte ein Kratzen in ihrer Luftröhre und einen Schwall Galle, die mit dem Schlucken hochkam. Ihr Glas war noch nicht leer.
„Straßenmusik macht mich sentimental."
Oh wie wir lächeln. „Wollen Sie Ihren Vater deshalb von der Straße holen?"
„Ach ja, ach nein, ich weiß nicht. Nicht einmal von meinem Freund will er etwas annehmen, obwohl der sehr gesetzt ist. Er hat keine unehelichen Kinder wie ich." Sie lachte. „Mein Freund wohnt nicht mal mit mir zusammen."

Inge drehte eine Zigarette, dann noch eine, und die Dame griff vorsichtig danach und ließ sich Feuer geben. Sie saugte den Rauch wie einen Cocktail, den man mit Strohhalm zu sich nimmt, hustete und spuckte ungeschickt die Tabakfusseln aus dem Mund.

„Sie haben zwei Kinder?"

„Ja, und nun passen Sie auf. Also, als ich zum zweiten Mal schwanger war und wieder ohne Mann, da wollte mein Vater mich enterben. Dass ich in mein Elternhaus nicht einziehen würde, war mir damals schon klar. Mein Vater hatte sich in den Kopf gesetzt, dass ich auf sein Haus spekulierte. Meine Mutter ist lange tot. Er hätte einfach den Kontakt abbrechen können. Aber er musste etwas tun, eine Demonstration in gewissem Sinne. Für sich, vielleicht für die Leute. Er hat das Haus verkauft und das Geld der katholischen Kirche gegeben. Sie haben es genommen. Sie nehmen alles. Er hat gesagt, er wird Einsiedler. Leben mit den Mühseligen, den Beladenen. Ein Konto hat er behalten, da geht die Rente drauf, von der er die Flugblätter bezahlt, und irgendwo hat er eine Adresse, in einem Pfarramt, da geht die amtliche Post hin. Aber er wohnt nicht da."

Warum nur wollte die Frau ihren Vater unbedingt retten. Sie erzählte es wohl nicht von allein. „War ihr Vater schon immer so religiös?"

„Er war gar nicht religiös." Sie zögerte. „Egal, ich habe ja davon angefangen. Als ich ein kleines Mädchen war, war er nicht religiös. Er war katholisch, das schon, gläubig, nicht praktizierend. Später, als meine Mutter schon krank war, da hat sie ihm gesagt, dass es seine Sünde gewesen sei, die hat sie krank gemacht."

Inge fragte nichts.

„Seine Sünde, mehr hat sie nicht gesagt. Aber das hat sie mehrmals gesagt, und eines Tages kam ich dazu, da sagte er ihr, ja, seine Sünde, die sei es gewesen. Aber er werde alles gutmachen an mir."

„Wussten Sie denn, wovon die Rede war?"

„Damals nicht."

„Und ihre Mutter hat sich nicht von ihm getrennt."

„Nein."

„Warum wollen Sie Ihren Vater retten?"

„Er ist verrückt geworden. Sie tot, er verrückt."

„Aber er hat es nicht gutgemacht, oder?"

„Ich sollte eine Gute sein. Wollte er. Als ich die Kinder bekam, hat er die Hand von mir abgezogen. Wie Gott. Ich ziehe meine Hand von dir ab. So hat er gesagt."

„Und Sie? Ziehen Sie nicht ihre Hand ab?"

„Ich bin nicht der liebe Gott. Die Kinder sind aus dem Haus, und ich bin nicht mehr jung. Nicht mal mehr in mittleren Jahren."

„Sie wollen ihm die Wohnung bezahlen, damit er Sie nicht ins Unrecht setzen kann."

„Und er hat Angst, dass das meine Rache ist."

Inge entschuldigte sich und ging zu dem Zigarettenautomaten, um eine Packung leichte Zigaretten zu ziehen. Sie kam zum Tisch zurück, riss die Packung auf und bot der Dame eine an. Jetzt musste sie auch so eine rauchen.

„Er ist meinetwegen religiös geworden."

Wenn sie ihren Vater dazu bringen würde, in geordnete Bahnen zurückzukehren, könnte sie ihn vergessen.

„Zuerst hat er angefangen, Rosenkränze zu beten. Das kennen Sie wohl nicht."

„Nein."

„Eigentlich beten das meistens Frauen. Den schmerzensreichen Rosenkranz, den betete er immer dreimal. Der für uns Blut geschwitzt hat. Amen."

Inge sah sie an. Es gab keine geordneten Bahnen.

„Dabei hat Jesus für ihn kein Blut geschwitzt", sagte die Dame. „Ich habe Blut geschwitzt. Seinetwegen. Er hat das gemacht. Ich habe ihn nicht gehindert. Und dann habe ich es vergessen, verstehen Sie?"

Inge nickte.

Die Dame sagte. „Ich habe es vergessen. Meine Mutter muss alles gewusst haben. Sie hat die Wäsche gewaschen, verstehen Sie?"

Blind. „Sie waren ein Kind."

Die Dame nickte, und ein Augenblick der Spannung ging vorbei. „Das sind eigentlich schöne Gebete", sagte sie, „wie Musik. Eine spricht, alle sprechen. Die Frauen sitzen in den Bänken, und an der richtigen Stelle gehen sie auf die Knie. Wie Musik, Strophe und Refrain. Meine Tochter nennt das Meditation."

Inge fragte die Dame, ob sie öfter herkäme.

Nur, wenn sie wieder einmal ihren Vater abzuholen versucht hatte.

„Ich wohne gegenüber. Wenn Sie möchten, trinke ich wieder mit ihnen Kaffee." Inge deutete auf das Haus und schrieb ihren Namen auf eine Serviette. Wie sie zueinander waren. Wie leicht alles war. Die Dame griff nach der Zigarettenschachtel und sah sie an. Inge nickte und gab ihr Feuer. Rauchen war auch eine Meditation, dachte Inge. Heute Vormittag hatte sie nach einer Zigarette gegiert. Aber sie rauchte nie während der Arbeit. Der Psychologe rauchte die ganze Zeit. Er sagte, das habe er von seinen Patienten übernommen. Das war jetzt nicht zur Veröffentlichung bestimmt, sagte er.

Er verstand sie einfach besser, seitdem er diese Gier kannte. Nach einem Rauch mit nur ganz kleinem Feuer. Inges Finger drehten die Zigarette. Einmal musste er am Freitagabend ein Gutachten anfertigen. Die Frau sollte schon abgeschoben werden. Verstehen Sie. Sie sprach nicht. Und es war keine Kollegin mehr da gewesen, nur er und die Übersetzerin, und wenn er nicht von nachweislicher Misshandlung schreiben konnte, dann wurde die Frau abgeschoben, gleich. Sie warten den Montag nicht ab. Und er konnte nur fragen. Er fragte er fragte er fragte. Er fragte, dass die Frau alles vor sich sah. In der Heimat, in der Familie, in ihrem Dorf. In den Gefügen der Macht. Sie schwieg. Ihr Stuhl schwankte. Die Zimmerdecke erbrach eine Ohnmacht.

„Und da hatte ich das Symptom. Die Dolmetscherin war Zeugin. Ich habe das Gutachten geschrieben."

„Sie hatten keine Wahl?"

„Es war unvermeidlich."

„In der Therapie wären Sie auch an diesen Punkt gekommen?"

„Eine Kollegin hat ihn überwunden", sagte er. „Ich hätte die Frau nicht drängen dürfen. Sie hätte erst später dahin kommen dürfen. Ich musste sie drängen."

Sie sah ihn, allein, an einem Freitagabend. Sie lächelte.

„Verzeihen Sie", sagte er, „Sie verstehen das doch?"

Ja, sagte Inge.

Beinahe hätte sie sich die Finger verbrannt. Die Zigarette war zu Ende. Sie drückte sie aus, und im gleichen Augenblick machte die Dame ihre Zigarette aus.

Die Dame streichelte die Luft mit ihrer linken Hand. „Ich weiß jetzt", sagte sie, „dass er mich gar nicht ins Unrecht setzen kann. Er ist gestorben, glaube ich."

„Sie leben", sagte Inge.

„Manchmal habe ich gedacht, ich habe kein Recht dazu. Sagen Sie nichts, ich weiß selbst, dass das Unsinn ist. Ich sollte ihm nicht mehr nachgehen. Vielleicht soll ich mit meinem Freund eine schöne Reise machen, von der Kaution."

Inge sah sie freundlich an.

„Sie verstehen das recht, nicht wahr", sagte die Dame.

„Ich verstehe alles", sagte Inge.

Die Jalousie

Das Straßenlicht erhellt mein Zimmer. Gardinen mochte ich noch nie, und man schläft nicht besser, bloß weil man Gardinen hat. Ich denke an Valerie, an das letzte Jahr, das Abiturjahr meiner Tochter, mein Jahr mit den Jungen im Knast. Dort haben alle Gardinen. Ich glaube, Gardinen beschaffen sie sich gleich zu Anfang, wenn sie einfahren. Von solchen Einzelheiten wusste ich aber nichts, als ich den Auftrag bekam. Leute wie mich suchten sie damals, „Kreative", sagte die Sozialarbeiterin, die den jungen Männern etwas zeigen könnten. Lernen kann ja so viel Spaß machen, das sollten sie lernen. Man konnte einen Haushaltsführerschein machen oder einen Kurs für Rap. Obwohl sie den sicher nicht nötig hatten, Rap war ihre natürliche Sprache, laut, rau, reduziert. Ich habe sie nie ganz verstanden, nicht bloß wegen der miesen Akustik in den Aufenthaltsräumen. Sie, seltsamerweise, verstanden mich trotzdem. Und für kurze Zeit ergab die Arbeit mit ihnen einen gar nicht so kleinen Teil meines Einkommens.

Man sieht ja immer nur die Oberfläche, Erdoberfläche oder Haut. Tief fährt man in den Osten, über die Autobahn, dann über Land, schöne Strecke, weit genug, die Aufregung erst zu vergessen und sie dann wieder aufzubauen. Die jüngsten Strafgefangenen, so viel wusste ich schon, waren sechzehn, die ältesten auch nur halbe Männer. Mörder waren nicht dabei. Es ging um Einbrüche, Drogendelikte, Körperverletzung, sexuelle Belästigung. Belästigung? Für Momente war ich beunruhigt, immerhin würde ich fünf Stunden mit ihnen allein sein. Dann kam der Abzweig zur Justizvollzugsanstalt, der Wald öffnete sich, Felder erschienen, Landschaft mit einem Mal, dann Kleingärten rechterhand und linkerhand, dann nur noch links Gärten und rechts Gefängnismauer. Ein Garten an der Justizvollzugsanstalt? Aber warum nicht, das war ruhig, erst recht in der Woche. Der Pförtner ließ mich ein, es gab eine Kontrolle wie am Flughafen. Eine Bedienstete erschien. Bedienstete, so heißen die Schließerinnen. Sie ging vor mir her, schloss auf, schloss zu, wieder auf und wieder zu. Sie war in meinem Alter. Sie arbeitete immer hier, ich für bemessene Zeit. Die Gefangenen, sah ich dann bald, waren im Alter wie Valerie. Natürlich waren sie anders als Valerie.

Zuerst verteilte ich an jenem Tag die Arbeitsmaterialien auf den Tischen, dann lehnte ich mich an die Wand und sah auf den Gang hinaus. Gegenüber lag das kleine, mit einer Glasfront ausgestattete Büro. Zu zwei

Seiten gingen Flure ab. Dieses Büro nannte man „Kanzel". Sie haben wirklich eine eigene Sprache da. Dass es in einer staatlichen Einrichtung Bedienstete gibt und Kanzeln, hätte ich nicht gedacht. In der Kanzel also las eine Bedienstete in Unterlagen, und ab und an tippte sie etwas in einen Computer. Ich schaute von mir zu ihr, sie schaute auf. Ich registrierte, dass der Aufenthaltsraum in ihrem Blickfeld war. Auch das Telefon. Es war im Flur an die Wand geschraubt, ein graues, billig wirkendes Ding, und darunter stand ein Stuhl. Dessen Lehne stieß an ein Brett, das die Wandfarbe schützen sollte, die aber längst um dieses Brett herum abgestoßen war bis auf den Putz.

Die Jungen kamen herein. Die meisten hatten ihre Haare abrasiert, kurz war vorgeschrieben, das wusste ich schon, sie trugen sie kürzer als kurz, und fast jeder war auf eine rohe, naive Art tätowiert. Die Tattoos waren der Grund, warum ich keinen Füllhalter hatte mitbringen dürfen, mit einem Füller konnte man tätowieren, war mir gesagt worden. Das stimmte, ich selbst hatte mir als Kind versehentlich die Spitze eines Füllers in die Hand gespießt, die beiden blauen Punkte sieht man tatsächlich bis heute. Kein Füller also, und jeder Stift, jedes Blatt Papier, das ich dabei hatte, war abgezählt, vorgezeigt, registriert, die Scheren hatten vorschriftsmäßig abgerundete Ecken, wie die Scheren, die Valerie damals im Kindergarten benutzt hatte. Wer mit solche Scheren schnitt, den konnte man kaum Mann nennen. Aber sie waren praktisch alle größer als ich, und einige hatten einen rauen Akzent und ein R, das vorn gerollt wurde, das klang männlich, sogar sehr. Die Jungen musterten mich. Ich konnte sie nicht so schnell alle mustern, sondern nahm sie als Umriss wahr, als Gruppe. Wir stellten uns vor, das heißt: Wir tauschten Namen aus. Ich hatte überlegt, ob wir einander duzen sollten, war aber davon abgekommen. Ich sagte Sie und nannte sie beim Vornamen, sie sagten Frau Wegner. Ich fragte nicht viel, sie fragten nicht viel, ich, weil ich Angst hatte, zu persönlich zu werden, und das hätte sie womöglich gekränkt. Und sie... ich weiß nicht, sie waren wohl nicht neugierig, sie fragten nicht, was ich sonst mache, ob ich Kinder hätte, nichts in der Art. Auch Florian fragte nichts. Und er fiel mir auch nicht auf unter den anderen, er fragte nichts, und warum hätte er etwas fragen sollen? Sie wirkten alle abgeklärt. Als würden sie alles schon kennen, was noch kommen konnte. Heute denke ich, sie wollten sich vielleicht auf nichts freuen, was dann doch nicht käme. Andererseits, als ich meine Bücher herausholte, meine Plakate und Folien, das bunte Papier, die Abbildungen von Initialbuchstaben in mittelalterlichen Handschriften und von gesprühten Tags an der Bahnstrecke, da spielten sie mit. Und während für mich die Tags nur ästhetisches Material waren, mehr oder weniger gelungen, erkannten sie welche, sahen eine Bedeutung in ihnen, verbanden sie sogar mit einem Namen, einer Person. Trotzdem versuchte keiner, einen Tag zu zeichnen, als ich sie an jenem ersten Tag eine Kombination aus den Anfangsbuchstaben ihrer Vor- und Nachnamen entwerfen ließ. Manche hatten ein Talent für Ornamente, mehrere eine sichere Hand. Und sie fragten erst gar nicht, warum sie das tun sollten, dabei hatte ich mir die Aufgabe sehr genau überlegt. Ich wollte nämlich, dass jeder am Ende etwas in seiner Mappe haben sollte, das er auch wirklich benutzen konnte. Diese Initialbuchstaben, von denen letztlich jeder zwei Varianten vor sich hatte, konnte man auf die Vorderseite und den Rücken eines Ordners kleben. Einen Ordner für Zeugnisse und Bescheinigungen brauchte jeder, und warum sollte der nicht gut aussehen? Dann war die Zeit herum. Ich sammelte alles ein, sie durften ihre Mappen nicht bei sich behalten, und, was ich da noch gar nicht wusste, zuletzt musste ich darum kämpfen, dass die Mappen ihnen überhaupt am Ende der Haft ausgehändigt würden. Als ich ging, hatte die Schicht gewechselt, es war ein Mann, der mich abholte. Ich bekam mein Handy, meine Schlüssel und persönlichen Gegenstände wieder zurück.

Jetzt eben habe ich die Fotografien noch einmal aus der Schublade geholt. Sie beunruhigen mich, trotzdem betrachte ich sie oft. Auf beinah keiner sieht man ein ganzes Gesicht, man sieht ein Kinn, eine Schulter, einen tätowierten Nacken. Nur einer der jungen Männer hat sein Gesicht voll in die Kamera gehalten. Kluge Augen, eigentlich. Erst wenn man lange hinschaut, merkt man, dass der Blick die Tiefe verweigert. Als läge ein Schleier drüber. Dabei fällt mir ein, dass Valerie, genau wie ich, keine Gardinen vor ihrem Fenster hat. Sie wohnt jetzt in ihrer ersten Wohnung, allein, keine WG, Parterre, Zimmer mit Kochnische, Flur mit Duschecke, Fenster zum Hof. Nachts lässt sie eine Jalousie herunter, sie stellt sie ein kleines bisschen schräg, die Hoflampe zeichnet ein Streifenmuster auf die Zimmerwand. Sie ist keine Romantikerin, keine Prinzessin, meine Prinzessin, sie hat keinen Schleier im Blick, sie jobbt neben dem Studium in einer Bar. Es kann sein, dass sie gerade jetzt noch unterwegs ist. Es gefällt mir nicht, dass sie nachts arbeitet.

Als ich an jenem ersten Tag aus der Justizvollzugsanstalt kam, atmete ich tief durch. Es war Vorfrühlingsnachmittag, bei der Rückkehr nach Berlin dämmerte es schon. Valerie wohnte damals noch bei mir, sie hatte Essen gekocht und Papierservietten hingelegt. Das war liebevoll, deshalb unterdrückte ich den Wunsch, statt zu essen stumm in der Wanne zu liegen und mich im warmen Wasser aufzulösen. Ein Glas Wein musste genügen, damit die Anspannung einer feierabendlichen Erleichterung wich. Valli war es, die den Tag nicht ruhen ließ. Schon als wir die Servietten entfalteten, begann sie zu fragen. Wie der Weg gewesen war, wie hoch die Mauer, wie oft ich kontrolliert wurde, wie viele Türen, was für Schlüssel, wie groß. Die Schlüssel waren sehr groß, ich zeigte es mit beiden Händen, so. Wie viele Jugendliche meinen Kurs besuchten, ob sie außerdem eine Ausbildung machten, ob Studium möglich sei, Herrgott!, Fragen, Fragen. Ich muss ziemlich einsilbig gewesen sein. Wozu wollte sie so etwas wissen? Wie es sich anfühlte, hinter Gittern zu sein! Ich hatte sie gespürt, die Gitter, aber ich wollte es nicht beschreiben. Ich hatte ja die Zellen noch nicht gesehen und die Gardinen, die die Gitter verdeckten, verdecken sollten. Manchmal hing auch ein Handtuch davor. Ich wusste noch nicht, dass es von allem nur die Standardausführung gab, ein Regal mit schrägen Böden für die Schuhe, einen Stuhl, Bett, Tisch. Ich hatte keine Vorstellung, dass über den Betten eine Art Sicherungskasten hing, der eine kleine Ablagefläche ergab, und dass da meistens Duschgel drauf stand oder Spray, so etwas. Ich hatte mich noch nicht gefragt, was ich wohl daraufstellen würde, ein Buch? Ich verstand nicht, was meine Tochter bewegte, mich derart auszufragen.

Bei meinem ersten Termin mit den jungen Männern in der JVA hatte ich einfach durchgezogen, was ich mir vorgenommen hatte. Später folgte ich auch Wünschen, ja, die jungen Männer äußerten Wünsche. Manche zum Beispiel wollten gern einen Schriftzug entwerfen, um ihn dann draußen auf ein T-Shirt zu drucken, wenn sie nicht mehr das einheitliche graue Zeug tragen würden. Die Idee war gut, ich fand sie fast schon therapeutisch. Obwohl das Unsinn war, was bildete ich mir ein? Als könnte man mit dem Entwurf eines Schriftzugs auch einen Lebensentwurf ändern! Dachte ich etwa, es wäre ihr Lebensentwurf gewesen, Monate und Jahre gefangen zu sein? Ich weiß es nicht mehr. Meine Vorgabe war also, dass jeder sich ein Wort mit sieben Buchstaben überlegen sollte. Sieben, damit sie alle etwa gleichzeitig fertig würden. Sie sollten auch etwas zu knobeln haben. Mir nämlich fielen auf Anhieb gar nicht so viele Wörter mit sieben Buchstaben ein. Als dann bei einem der letzten Termine jeder sein Wort auf das Papier am Flipchart schrieb, erschienen HAMBURG, THERMIK, KNALLER. Und einer, ich hatte mir die Namen inzwischen gemerkt, einer, eben Florian, schrieb: VALERIE. Ich dachte, ich träume, ich sehe nicht richtig. Ich hätte ihn beinahe gefragt, was das zu bedeuten hatte! Dann fiel mir ein, dass in meinem Notizbuch, in dem auch ihre Aufgaben standen, unter einer durchsichtigen Folie ein Foto von Valerie steckte. Und sie hatte in kindlicher Schrift ihren Namen darauf geschrieben. Ich atmete durch. Wahrscheinlich hatte er sich in das Foto verguckt, oder er kannte eine andere Valerie, an die er gedacht hatte, oder er wollte mich provozieren. Und war er denn überhaupt Berliner?

Später bei der Arbeit sagten einige etwas zu ihrem Wort. Es war mit der Zeit doch ein kleines Vertrauen entstanden, das sie auch bewegt hatte, mir ihre Zellen zu zeigen. Das hatte wie alles genehmigt werden müssen, eine Bedienstete war dabei gewesen, als ich die Jungen, ja, gewissermaßen besuchte. Mir war erlaubt worden, von jedem ein Foto zu machen, das ich dann in die Mappe legen konnte, als Erinnerung. Da hatte ich schon durchgesetzt, dass sie ihre Mappen haben sollten. Zu Hause und weil es nicht direkt untersagt worden war, machte ich von jeder Bilddatei ein Papierbild für mich. Denn wir waren etwas warm geworden miteinander, nicht so, dass ich für die Jungen mütterliche Regungen entwickelt hätte, ich wusste schon noch genau, dass auch sie wussten, wie sie sich zu verhalten hatten, damit sie nicht auffielen. Ich wusste, dass ihr Verhalten nicht frei war. Wer weiß, was sie dann getan hätten? Das beschäftigte mich manchmal, wenn plötzlich eine lange Stille entstand. Oder wenn einer gegen einen anderen plötzlich einen schärferen Ton anschlug. Oder wenn sie wieder etwas sagten, was ich nicht verstand, und dann lachten sie, auch wenn ich gar nicht um Wiederholung bat.

Ich ging also durch die Reihen, und als ich neben dem stand, der VALERIE geschrieben hatte, neben Florian, ich habe mir ja nun mal seinen Namen gemerkt, da kann ich auch Florian denken statt „der, der VALERIE geschrieben hatte", und er schaute hoch und sagte mir ins Gesicht: „Wohnt in Berlin." Ich weiß nicht, was er sich dabei dachte. Ich jedenfalls zuckte mit keiner Wimper. Ich gab mir keine Blöße. Sicher, er kannte meinen Nachnamen. Meine Tochter trägt den gleichen. Es konnte so viele Valeries geben. Meine Tochter hatte nichts mit straffälligen Jugendlichen zu tun. Deshalb sagte ich nichts. Und sonst würde ich erst recht nichts gesagt haben.

Bei der Rückfahrt übersah ich an diesem Tag beinahe eine Radfahrerin. Sie hatte ein Mädchen auf dem Kindersitz ihres Rades, auf der Landstraße. Ich sah sie im letzten Moment und dachte noch: wie leichtsinnig!

In Berlin, in unserer Wohnung, lagen die Fotos auf dem Schreibtisch. Sie bildeten einen kleinen, leicht verrutschten Stapel. Ich überlegte, ob sie noch lagen, wie sie gestern gelegen hatten. Ich wusste es nicht. Valerie ging nie an meinen Schreibtisch, und auch ich stöberte nicht im Schreibtischkram meines Kindes. Die Wohnung war leer, und ich ließ Wasser in die Wanne. Es war Sommer, ich genoss es, bei offenem Fenster zu baden. Die

Geräusche auf der Straße, der Duft des Badeöls machten mich schläfrig; es war eine wachsame Schläfrigkeit, unter der mein Magen leise zitterte. Dann hörte ich den Schlüssel und gleich darauf das Geräusch, mit dem mein Kind die Sandaletten von den Füßen kickte. Sie stand in der Badezimmertür, den Bikini in der Hand, um ihn auszuwaschen. „Warst du schwimmen?" Sie nickte. Sie war braun, die Haarspitzen ausgeblichen, es waren die großen Ferien nach dem Abitur, in der nächsten Woche wollte sie nach Australien fliegen, für ein halbes Jahr, in dem sie bei einer Familie für Kost und Logis in der Landwirtschaft helfen würde. „Und du?" Ich? Ich war heute etwas geschafft. Wir kochten nicht, sondern gingen in einen indischen Imbiss. Beim Essen fragte ich, ich weiß nicht warum, ob sie mit ihrer alten Clique im Bad gewesen war. „Ach", sagte sie, „die gibt's nicht mehr." Zwei von den Jungs hätten gedealt, „weißt du", sagte sie. Ich wusste nicht. Musste nicht mindestens eine Elternversammlung einberufen werden, wenn so etwas vorkam? „Das war nicht in meiner Klasse", sagte sie, „und außerdem war nur Flori von meiner Schule. Und außerdem ging er dann ab." Ich sah sie aufmerksam an, sie merkte es. „Ronja und ich wollten nichts damit zu tun haben", fügte sie schnell hinzu. Ich sagte nichts. Valerie sagte auch nichts, sie aß hungrig und in großen Bissen. Es vergingen mehrere Minuten einfach so, und dann setzte sie hinterher, sie wüsste auch nicht genau, ob die beiden Jungen nicht später noch mehr Dinger gedreht hätten. „Dinger?", fragte ich nun doch. „Ach, keine Ahnung", sagte sie und schob den Teller weg und holte ihr Netbook aus der Tasche, um mir das Blog zu zeigen, dass sie eingerichtet hatte, um ihre Freundinnnen mit Berichten aus Australien zu unterhalten. Und mich. Um mich zu beruhigen. Das machte sie dann auch wirklich großartig, jede Woche schrieb sie einen Eintrag, und sie versah die Texte mit Fotos, die schon etwas Professionelles hatten. Als sie in Australien war, war ich beinahe ruhiger als heute, wo sie kellnern geht. Es wird ihr Studium nicht abkürzen, nur kann ich ihr kein zusätzliches Geld geben. Jedenfalls war es schon ein merkwürdiges Zusammentreffen, daß sie ausgerechnet an jenem Abend von der Sache erzählte.

Als ich das nächste Mal ins Gefängnis fuhr, war sie schon abgeflogen. Der Junge, der VALERIE auf sein T-Shirt hatte schreiben wollen, hatte seinen Text geändert. Der Schriftzug lautete nun: ANDERS. „Das sind nur sechs Buchstaben", sagte ich. Es sei sein Name, sagte er.
Ich wollte davon nichts wissen, ich ließ ihn machen.

Ablösung

Orbis pictus

Noch einmal: erzählen.
Wie ich auf dem Bahnhof in H. ankam.
Wie die halbvolle Reisetasche gegen meine Waden schlug.
Wie die Schalterhalle verschlossen war, in der ich einmal meinen letzten Zehnmarkschein verlor, und ein Mann in der Schlange hob ihn auf und behauptete vor allen Leuten, es wäre sein Geld.

Wie die Kastanienblätter auf die Straße wehten, sie vermischten sich mit dem allgegenwärtigen Sand, es gab Sandboden hier, es war Sonnabendmittag, kein Mensch auf der Straße.

Wie ich die gewesene Zahnarztvilla fand, ein Hotel jetzt mit Kirschbaummöbeln und gemusterten Sesseln. Sie behandelten mich wie jeden; ich hatte das thüringische Singen verloren, und meine Adresse war eine Großstadt im Westen.

Und wie ich die Hauptstraße hinunterging. Und das Eingangstor zum Werk war geschlossen, das früher immer offen gestanden hatte, und schon am zweiten Tag hatte der Pförtner damals abgewinkt, wenn wir Schülerinnen unsere Ausweise zeigten, als wir Arbeit spielten, Leistungslohn, Schmutzzulage; nach dem Ende der Ferien verglichen wir die Beträge, und ich wies drei grindüberzogene Narben auf dem Arm vor, weil ich an einem Brennofen gearbeitet hatte.

Und wie ich jetzt auf dem Hof der Bärenschenke stand, und zu beinahe allen Gesichtern fiel mir beinahe zu schnell der Name ein.

Es war im vorletzten Jahr des alten Jahrtausends, und kurz zuvor hatte ein Fremder zu mir gesagt, ich müsste wohl ein bewegtes Leben geführt haben.

Im ersten Erschrecken des Wiedersehens, im Hin und Her der verlegenen Begrüßung kamen alle Namen zurück. Die anderen hatten sich getroffen, manche oft in diesen zwanzig Jahren, nur ich war erst jetzt gekommen. Nur für dieses eine Mal wollte ich auf einem Klassentreffen gewesen sein. Bei dem letzten großen Treffen war ich nicht gekommen, weil eine Staatsgrenze zwischen ihnen und mir gelegen hatte, die jetzt annulliert war. Irgendwie hatten sie meine Adresse herausbekommen trotz all der Umzüge. Meine Eltern waren geschieden, verzogen, hatten Brücken abgebrochen, und das war mein Erbe, denn auch ich war groß im Abbrechen, Verlassen und Verlassenwerden.

Es war noch warm, Jacketts standen offen, Seidenschals wehten, wir waren erwachsen, und einer war rasch in die Waldsiedlung gefahren, unseren Lehrer abzuholen, der nun auf uns zukam, weiße Haare. Das etwas flache Gesicht schwebte über einem Körper, der noch breit und kräftig war, nur seine Gewandtheit verloren hatte. Ich war überrascht, wie schüchtern er wirkte, als er mir die Hand gab und meinen Namen sagte, Andrea, ich glaube, er freute sich wirklich. Wenn ich im Vorbereitungsraum geholfen hatte, die Chemikalien zu ordnen, stand er manchmal lange am offenen Giftschrank und nahm Fläschchen zur Hand, deren Etiketten mit seiner schwer lesbaren Schrift beschriftet waren. Er schrieb anders, als Lehrer gewöhnlich schrieben, und ich wusste nicht, warum er die Namen der Chemikalien wieder und wieder las, etwas betrübte ihn. Nun dachte ich, ich würde wohl nicht mehr erfahren, was es gewesen ist. Damals hatte ich ihm einfach nur zugesehen, und jetzt schien es mir zudringlich, danach zu fragen, ihn überhaupt erst darauf aufmerksam zu machen.

Manche Erlebnisse hat man besser hinter sich als vor sich. Deshalb war ich hergekommen: um abzuschließen, abzurechnen, um zu demonstrieren, dass es mir gut ging. Wer wollte das nicht. Ich hatte mich zurückhalten wollen, und jetzt bemerkte ich, dass meine Stiefel zu solide waren für den Anlass, mein ganzer Auftritt zu sportlich. Und als es zu Tisch ging, fügte sich die Sitzordnung in den alten Konstellationen, und damit stellte sich das bekannte, angenehme Gefühl ein, dass ich vor ihnen alles verbergen könnte. Ich zog eine Zigarette aus der Packung, danke danke, ich hatte selbst Feuer. Regina, die gewesene Klassenbeste, schaute hoch. Ihr Lippenstift war eine Spur zu dunkel rot. Regina hatte die Unschärferelation begriffen und jede Formel, aber sie war keine Streberin gewesen, sie wollte eine Fußballmannschaft Jugend A verführen, sie wollte zwei Söhne und die dann Eros und Sexus nennen. Und dann sagte das Kindergesicht links von mir, heute Chef einer Naturheilklinik, er sagte, dass er sie schließlich doch überflügelt habe, sicher nicht in den Wissenschaften, aber fünf Kinder, nicht bloß vier wie sie. Nein, sagte Regina, auch in den Wissenschaften nicht. Er zeigte Fotos. Ich sah, dass neben ihm eine Frau saß, die aussah wie die Frau auf den Fotos. Regina hatte keine Fotos dabei, oder sie holte sie nicht raus. Es fiel niemandem auf. Von ihm wusste ich auch den Spitznamen, Dettel, aber es redete ihn niemand an, schon gar nicht so, als er Prospekte seiner Klinik zeigte. Ich dachte, wie wohl die Kinder von Regina hießen, aber in dem Moment nahm Brigitte das Wort, die beim Abitur die Rede gehalten hatte. Später habe ich es vergessen. Und warum soll ich nach den Namen von Kindern fragen, die ich nie kennenlernen werde. Herzlich willkommen also, besonders die Weitgereisten. Jetzt würden wir erst einmal essen, ein Gläschen Sekt wäre der richtige Apéritif. Die trockenen und halbtrockenen Gläser wurden gezählt, und als sie auf dem Tisch standen, ergriff der gewesene FDJ-Sekretär das Wort, der, sagte er, unter uns gesagt, die Wende ganz gut überstanden hatte, als Bauingenieur, kein Wunder, Ruinen schaffen ohne Waffen, das war ja deren Losung gewesen, damals. Aber jetzt wurde endlich gebaut, hier, nicht immer nur in Berlin. Also prosit, und später, wenn wir warm geworden waren miteinander, würden wir uns das alles erzählen, denn wir waren jetzt gestandene Männer, hah!, er sagte nicht „Männer und Frauen", und was wir in den vergangenen Jahren alles getrieben hatten! Dabei zuckten mindestens drei, und auf ihren Gesichtern bildete sich eine gläserne Schicht aus Abwehr. Ich fasste mir ins Gesicht, nichts. Achtzehn Jahre hatte ich hier gelebt; und alles, was danach kam, war leichter gewesen als das. Hier war ich, diesmal, weil ich mein Gesicht im Griff hatte, aber nicht meine Geschichte. Ich nahm eine neue Zigarette. Regina fixierte die schöne rote Schachtel. Die Kellnerin kam, ich hatte keinen Hunger, nicht um diese Zeit, aber hier war sogar die Zeit anders. Vor dreißig Jahren folgte sie dem täglichen und jahreszeitlichen Rhythmus der Tiere und der Pflanzen, von dem der Rhythmus familiärer Mahlzeiten geblieben war. Dem Gedächtnis aufhelfen. Ich erinnerte mich nur an den Schnaps, den man nach dem guten thüringischen Essen trinken sollte.

Neben Regina saß Traxler. Sie hatten ihn Transistor genannt. Er war Vorgesetzter in einer Firma, die ihm schon zu großen Teilen gehört hatte, ehe die meisten der alten Mitarbeiter entlassen waren. Er war auf dem Sprung, aber für seine alten Mitschüler hatte er natürlich Zeit. Vielleicht würde er bei seiner Mutter übernachten, aber er würde sich bestimmt vor dem Sonntagmittagessen verabschieden. Er lächelte, wenn ihn jemand Transistor nannte, elektronische Bauteile, mehr hatten wir ihm nicht zugetraut. Aber das war es natürlich jetzt. Er schnitt Fragen nach einer Ehe ab. Mich fragten sie gar nicht erst. Dabei hatten sie mich am längsten nicht gesehen. Traxler trank das zweite Bier. Ich rauchte die dritte Zigarette. Das Kindergesicht zog die Brauen hoch, als das Essen kam und ich sie nicht sofort ausdrückte. Traxler lachte. Ich drehte mich nach links und fragte das Kindergesicht, ob denn bei ihnen, unten an der ehemaligen Staatsgrenze, viele Menschen sich in einer Naturheilklinik behandeln ließen. Nicht doch, natürlich nicht, wie kam ich auf die Idee. Wenn sie auf die Bewohner des Städtchens, angewiesen wären, das wäre schlimm. Die Patienten kamen von drüben, wo alles schon ausgereizt, angeschmuddelt, übertrieben und abgegessen war. Denn hier war alles neu und versprach Heilung. Und er könnte alle heilen, auch uns. Regina antwortete, sie sei fit gottseidank. Aber man wusste nie, sagte das Kindergesicht, man wusste nie, und tatsächlich spürte ich gleich eine Verspanntheit im Nacken. Wenn auch, er sah sich um, vielleicht nicht alle das Geld dazu hatten, sich in seine Klinik zu legen. Nein, das habe ich jetzt erfunden, das hat er nicht gesagt. Er lächelte dem gewesenen FDJ-Sekretär über zwei Tische weg zu.

„Nirgends gibt es so viele erfolgreiche Leute wie auf Klassentreffen.“ Aus einer Zeitmaschine tropfte das Lächeln, das aus Reginas früherem Lachen geworden war. Es gab eben kein heiseres Lächeln. Ich dachte an gelb gewordenen Schaumstoff, der aus den verletzten Bezügen von Stahlrohrstühlen quoll. Ich hatte auf dem Bahnhof Weimar Aufenthalt gehabt, am Morgen. Weimar war die Kulturhauptstadt Europas, und auf Bahnsteig fünf hatte jemand aus alten Stühlen ein Kunstwerk gemacht, Rot, Ocker, Kunststoffdunkelgrau, kaputte Stühle in einem Kreis, du mein Heimatland, ich hatte diese Farben immer gemieden, die letzte Kostbarkeit des gewesenen Staats, ich war über den Bahnsteig gelaufen, weil ich etwas vermisste, es fiel mir nicht ein, was es war. Vielleicht hätte ich mich gleich erinnert, wäre ich Richtung Erfurt weitergefahren, es wäre der rote Winkel auf einer Anzugjacke gewesen, die rote, gleichmäßig dünne Schale, die eine Hand von einem Apfel schälte, es fiel mir nur jetzt nicht ein, es waren die Adern auf dieser Hand, das Messer, ein Dreieck aus Sonne, Licht, das durch Nebel bricht, der eben noch das Tal füllte. Aber ich fuhr in eine andere Richtung und nicht an Buchenwald vorbei, und der Alte, der die wichtigsten Jahre seines Lebens in Buchenwald verbracht hatte, war einfach ein Bild, der graue Turm jenseits der Bahnstrecke, das Gesicht des Alten, als mein Blick an dem roten Winkel hing, noch ein Bild noch ein Bild, nie vergessene Schmerzen, die ich in seinem Gesicht gelesen hatte, damals bei meinem endgültigen Auszug, als ich das Land verließ und mich fragte, ob ich hier wen verriet, aber schon wusste, ich verriet keinen.

Die Sonne! Es ist doch noch zeitig am Tag, wir gehen eine Runde, Schnaps macht's nicht, Frischluft! „Da kannst du gleich sehen“, stimmt, ich würde sehen, und Barbara fragte, ob wir nicht zum Friedhof gehen wollten. Mehrere nickten. Ob sie bei den früheren Treffen immer zum Friedhof gegangen waren. Immer. Es hatte alle fünf Jahre ein Treffen gegeben. Als unser Lehrer sich erhob, sah ich, dass sein Knie ihm zu schaffen machte, vielleicht war es ein Ersatzteil, ich ging durch die Tür und blieb im Hof der Schenke stehen, um die Jacke anzuziehen. In der Stadt im Westen, in der ich wohnte, würde ich um diese Zeit in einem Café sitzen, draußen, und irgend eine interessante wildfremde Person würde mir den Zucker reichen,

der Wind würde die Seiten des Notizbuchs durchblättern, was machte ich hier, vergessen statt erinnern, mich langweilen, und „Na Kollegin, wie geht's?" Ich zuckte zusammen, der Lehrer stand neben mir. Ich war keine Kollegin. Ich hatte das Lehrerstudium im dritten Semester abgebrochen und lieber im Sekretariat der Kirchlichen Werkstätten gearbeitet, ich hatte in einer Stadt studiert, die ihre Universität verloren hatte, aber ihre Kirchen nicht. Ich war keine Kollegin. Ich hatte die Orte gewechselt, gewechselt. Ich schrieb für Geld. Es fällt mir noch immer schwer, die Erwartungen von Älteren zu enttäuschen. „Ich bin Journalistin geworden."
Ich konnte nicht sehen, ob er enttäuscht war.
„Was sagt dein Vater dazu?"
Ich wusste es nicht.

Der Lehrer fasste nach meinem Arm und stützte sich schwer darauf. Ich fragte, ob er mit zum Friedhof hoch geht. Er nickte. Aber langsam. Wir kamen über die Straße. Ich hatte manchmal an Georg gedacht, damals Schorsch genannt, seine vernarbte Hasenscharte und seine helle Stimme aus der letzten Reihe. Er konnte die Zischlaute nicht korrekt sprechen. Jede Bemerkung traf. So hatte er sich unsere Achtung und die Abneigung der Lehrkräfte erworben. Als er sich erschoss, hatte er alle Prüfungen bestanden. Oder es war die letzte. (Aber das war trivial.)

„Erinnern Sie sich an Georg?" Natürlich. Er war bei der Beerdigung gewesen. Alle, die zu diesem Zeitpunkt nicht selbst in der Nationalen Volksarmee dienten, waren bei der Beerdigung gewesen. Das waren die Mädchen und der Lehrer. Vor nicht ganz zwanzig Jahren, es war später im Jahr gewesen, vor Weihnachten. Der Friedhof war voller Armeeangehöriger gewesen, die den Sarg getragen hatten, geredet hatten, zwischen den Gräbern herumgestanden hatten. Ich sah den Schub Erinnerung auf dem Gesicht unseres Lehrers, für einen Moment fiel er in den hohen Tonfall, der für den armen Georg typisch gewesen war, dann sprach er mit seiner normalen Stimme weiter.

„Er war zu sensibel, zu intelligent. Ein Unfall, bei dem sich in der Kaserne jemand versehentlich in den Kopf schießt, während er ganz allein die Waffe putzt, das widerspricht jeder Erfahrung, glaub das."
Ich glaubte es.

„Die haben ihm das Leben schwergemacht, wer weiß, was er gesehen hat. Was er gesagt hat. Er war intelligent genug, aber nicht tapfer genug. Für das Leben."

Nach Georgs Beerdigung hatten wir in einem Bierlokal gesessen und dünnen Kaffee getrunken. Wir hatten nicht über den Tod gesprochen, sondern über den Kaffee, den Schnee, die Freesien, die zu beschaffen schwierig gewesen war und die jetzt unter den schweren klatschnassen Flocken in wenigen Minuten vergingen, wir hatten nicht über den Dreck unter den Nägeln gesprochen, über den Griff in die Friedhofserde, über das Gesicht von Georgs Mutter, über das Vergessen und über das, was alle wussten: dass es kein Unfall gewesen war. Wir hätten keine Mühe gehabt, die Lücke mit den Schikanen irgendeines Entlassungskandidaten zu füllen, eines NVA-EK, der in der EK-Bewegung vorndran war. Wir wussten Bescheid und sagten nichts.

„Ich habe nicht nachgeforscht", sagte der Lehrer, „was hätte ich schon erfahren. Irgendeine Quälerei. Wahrscheinlich hat er sich zu Tode geschämt, dass sie es mit ihm machen konnten. Das wäre die Sache der Eltern, jetzt Anträge zu stellen und etwas aufzuklären. Aber davon wird er auch nicht wieder lebendig."

Ich sah, dass Barbara in der Friedhofsgärtnerei einen Strauß Blumen kaufte. Ich hatte eine Senke vor Augen gehabt, als das Wort Friedhof fiel, eine Senke, die von einer trügerisch weißen Schicht Schnee bedeckt war, und nahe am niedrigsten Punkt Georgs Grab. Meine Erinnerung trog. Jetzt sah ich, dass der Friedhof ein Berg war, und Georgs Grab oben, kurz vor dem Zaun. Eine Selbstmörderecke, dachte ich, dass es das noch gegeben hatte im säkularen Staat. Wir sprachen jetzt nicht mehr, weil es den Lehrer anstrengte, den Berg hinaufzugehen. Oben sah ich Barbara den Strauß in eine Vase stecken, die hinter dem Grabstein gelegen hatte. Sie hantierte am Grab, als sei sie nicht zum ersten Mal hier oder als habe sie Erfahrungen mit der Grabpflege. Georgs Mutter, sagte sie, habe es überwunden. Sie habe ein Kind adoptiert. Sie hatte Georg ja nicht einmal mehr sehen dürfen. Mit dem adoptierten Mädchen sei alles gut gegangen, obwohl man nicht damit rechnen konnte, fünf war sie schon gewesen und hatte ihre ersten Jahre im Heim verbracht. Aber das Schlimmste für Georgs Mutter blieb, dass er sich erschossen hatte. Für Georg gab es keinen Ersatz. Sogar das Mädchen war traurig, den großen Bruder nicht kennengelernt zu haben. Obwohl er ja unter anderen Umständen nie ihr Bruder geworden wäre. Hinter uns standen zwei unserer Mitschüler, die sich freiwillig als Offiziere zur NVA verpflichtet hatten. Günther sagte, er habe Schorsch gut genug gekannt, und der hätte sich nie nie! umgebracht. Für Selbstmord brauchte man zuviel Überwindung, und die-

Ich drehte mich weg.

Zehn Jahre zurück, oder neun: Ich hatte in der U-Bahn gestanden und in einer Zeitung gelesen, und dann las ich den Namen der Kleinstadt H. und

den eines nahegelegenen Armeeobjekts. Zwanzig Jahre zurück, fünfundzwanzig, dreißig: Damals nannten sie es „das Objekt". Drüben im Objekt wurde gebaut. Wenn der Wind so stand, nachts, hörten wir Schüsse. Am Waldrand begann das militärische Sperrgebiet. Eines Tags standen Wohnblocks vor dem Wald, vor dem Objekt. Ab da wurden auch die Wohnblocks „Objekt" genannt. Einige Frauen fingen an, dort zu arbeiten, als Verkäuferinnen. Das Objekt hatte eine Kaufhalle. Die Männer, die im Objekt arbeiteten, waren nicht von hier, sondern mit ihren Frauen und Kindern von außerhalb gekommen. Die Kaufhalle... Später begann auch Günther hier zu arbeiten, als er Offizier geworden war. Ich wusste davon, ich hatte in den ersten Jahren noch spärliche Kontakte, ein paar Briefe, die ich mit Regina wechselte, bis das einschlief. Im Winter 1990 las ich den Namen der Kleinstadt H. in der Zeitung und den Namen des Objekts. Das Objekt war ein Internierungslager. In der Bezirksstadt wollte man Listen von Personen gefunden haben, Personen, die in Fällen... politischer Entwicklung... dort interniert würden. Ich stand in der U-Bahn, die Knie zitterten nicht, zitterten dann doch, die Bahn fuhr aus der Erde heraus, im mageren dreckigen Schnee erste Blumen, und mir fiel ein, dass Günther, mein Mitschüler, unbedingt hatte Offizier werden wollen, obwohl er jedes beliebige Fach hätte studieren können, mit seinen Zensuren. Und so unsportlich. Er trieb seinen Körper jeden Nachmittag durch den Wald, um eine Dreitausendmeternorm zu erfüllen, ohne die man nicht Offizier wurde. Er sprach davon, in fünfundzwanzig Jahren bei der Armee genug Geld anzusparen, um eine Gastwirtschaft zu kaufen. Das war zwanzig Jahre her, seit zehn Jahren konnte er nicht mehr Offizier sein. Einmal war ich durch H. gefahren und hatte Günther auf dem Bürgersteig erkannt. Ich hatte beschleunigt. Er schickte einen Blick hinterher, aber er konnte mich unmöglich erkannt haben, dachte ich, zu unverhofft, zu schnell, und ich hatte in H. nicht angehalten. Ich war nur von der Autobahn abgefahren, um die Schlaufen des Autobahnkreuzes zu vermeiden. Und wenn ich auch Zeit gehabt hätte, warum anhalten? Irgendeine Bahnfahrt, irgendeine Zeitung, ein unbekanntes Objekt und eine nie gelesene Liste, irgendein Verstehen, das mir fehlte. Wenn ich mich erinnern wollte, dann nicht an eine Liste, auf der mein Name wahrscheinlich nie gestanden hatte, denn ich war doch sofort nach dem Abitur aus H. weggegangen. Und selbst wenn. Mir war nichts geschehen. Wer weiß, wieviele Betriebsteile das Objekt gehabt hatte, wieviel da irgendein Mitarbeiter, irgendein Offizier wusste. Sie konspirierten doch alles. Einmal hatte ein gewesener Mitarbeiter einer Hauptverwaltung Aufklärung mir gesagt, daran hätten sie die Straftäter erkannt unter den sogenannten Dissidenten, sie hätten konspiriert. Konspiration sei immer ein klarer Hinweis auf Vergehen gewesen. Und als er das Interview autorisierte, strich er den Satz. Vielleicht war ihm eingefallen, wer die wahren Fachleute der Konspiration gewesen waren - oder, ich weiß es nicht. Aber Günther war sicher nicht einmal ein gewesener leitender Mitarbeiter, er war einfach ein gewesener Offizier, und hatte er in zehn Jahren überhaupt nennenswert weit aufsteigen können?

Nicht einmal eine Coladose lag auf der Straße. Es war Sonnabendmittag, kein Mensch lief auf der Straße herum. Am Wochenende war das Werk schon früher stumm gewesen, einige Schichten waren gefahren worden, einige Öfen hatten geglüht, aber die Transporte standen still und die großen Maschinen. Der Spaziergang dehnte sich in eine Gartenanlage. Wir zertraten die Parallelen, die Kleingärtner mit ihren Rechen in den Weg gekratzt hatten. Ich roch kleine Feuer, verbranntes Laub. Regina ging neben mir. Sie hatte zugesehen, wie das Hochspannungsprüffeld abgerissen wurde. In einem Garten sah ich Herbstzeitlose. Konnte man ein Hochspannungsprüffeld lieben? Das waren Gerüste, zwischen denen Isolatoren hingen, und man prüfte ihre Beständigkeit, indem die Spannung in die Höhe getrieben wurde, bis Blitz und Donner im selben messbaren Augenblick eintrafen und das Keramikding unbrauchbar machten. Man hörte das Krachen bis in den Wald, bis in die Sümpfe, über deren baumloser Ebene das Gestell sichtbar war und der Blitz, wenn getestet wurde. Der Zug, der den Bahnhof von H. verließ, fuhr durch das Werksgelände, rechts und links der Strecke rot geziegelte Hallen, roter Rost, bröckelnder Beton. Wo hatte ich meine Augen gehabt, als ich nach H. zurückkam. Mir war das Fehlen der Prüfstände nicht aufgefallen. Ihr Abriss hatte das Ende des Werks bedeutet. Viele wären gern weggezogen, sagte Regina, nur wohin. Denn auch die Textilindustrie in der gewesenen Bezirksstadt war unnötig geworden, jede denkbare Industrie war unnötig geworden, nicht alle konnten auf den Bau gehen, und nie eine Frau mit vier Kindern. Weiter östlich hatte man Uran abgebaut, und auch davon war nichts geblieben als Dreck, der nach tödlicher Krankheit roch.

Nirgends gibt es so viele erfolgreiche Leute, hatte sie gesagt, wie auf Klassentreffen. „Ich bin keine Physikerin mehr, zehn Jahre raus aus dem Beruf, und wenn ich noch eine wäre, gäbe es hier trotzdem keine Arbeit für mich. Mein Mann hat Arbeit." Auf dem Bau. Ich fragte nicht nach Weggehen.

Vor der Reise hatte ich geträumt, das Klassentreffen fände im vormaligen Kulturhaus statt, die Gespräche wären langweilig gewesen, aber ich hätte mit dem Gehen gewartet und gewartet, bis der letzte Zug gefahren war, und dann gab es kein Hotelzimmer, und ich hatte keinen Schlafsack und wollte nicht im Haus eines meiner gewesenen Mitschüler übernachten. Ich stand in einer Telefonzelle neben der alten Ambulanz, deren Fenster zerschlagen waren, Papier wirbelte über den Platz, aber in Zeitlupe, ich wusste im Traum, dass ich das in einem Film gesehen hatte, da war es hell gewesen, hier war es Nacht, Leute wollten meinen Rucksack stehlen, die Leitung war besetzt. Ich wachte mit dem Gefühl von Vergeblichkeit auf. Nach diesem Traum hatte ich sofort ein Hotelzimmer gebucht und mir von der Rezeption die Nummern der beiden Taxiunternehmen geben lassen, es gab also Hotels und Taxis und wie ich jetzt sehen konnte auch nicht mehr rechtsextreme Wahlwerbung als anderswo.

„Get together beim Bowling! (Alle im vollen Saft?)" Ich war hier, und so dumm und dreist ich diese Einladung gefunden hatten, einmal konnte natürlich auch ich auf einer Bowlingbahn gewesen sein, auf einem Klassentreffen, einmal konnte ich tun, als wäre ich nicht unversöhnlich. „Wir spielen Jungs gegen Mädchen!" Gute Laune, vielmehr Spaß. Die Zahl ging auf. Georg war tot, und Alexander würde nicht kommen. Ich hatte schon gehört, dass sie beim letzten Treffen über ihn gelacht hatten, weil er seine ganzen schwarzen Locken verloren hatte. Er habe ganz ohne Haare auf einer Bank gesessen, es war ein bisschen gemein zu lachen, aber es habe so komisch ausgesehen (ein Bild frei von Glück). Mehr wussten sie nicht, und dann kam er auch nicht. Der gewesene FDJ-Sekretär steckte seine Finger in eine Bowlingkugel und erklärte den Frauen, dass die hellblaue, die violette und die rosa Kugel leichter wären als die schwarze, die braune und die anthrazitfarbene. Ich bestellte mir einen Whisky. Die Mutter der fünf Kinder legte ihren Blazer ab. Sie hatte schlanke muskulöse Arme, griff eine der schwereren Kugeln und hatte beim ersten Versuch acht Punkte. Natürlich konnte man mit den schweren Kugeln die Bahn besser halten.

Ich nahm mein Glas und setzte mich neben unseren Lehrer. Ob er enttäuscht wäre, dass ich keine Lehrerin geworden war.

„Dein Vater hätte es gern gesehen", sagte er. Ja.

„Und, wie geht es ihm?" Sie waren miteinander bekannt gewesen. Wenn der Lehrer es nicht wusste, warum ich.

„Ich habe keinen Kontakt mehr." Eine Augenbraue hob sich. Warum nicht? Verloren.

„Es gab ein Gerücht", sagte der Lehrer, „als deine Eltern geschieden wurden." Ja.

„Ist dein Vater deshalb umgezogen?" Vielleicht.

„Die Leute haben es deiner Mutter übelgenommen, dass sie bei der Scheidung damit gekommen ist. Weißt du, wie viele deinem Vater ihren Schulabschluss verdanken?" Manche auch den Facharbeiter.

„Er ist jetzt Rentner, oder?" Wahrscheinlich.

„Fährst du nicht mal hin?" Nie.

Ich zögerte fast, nach der Schule zu fragen. Einige Jahre nach unserem Abitur waren die neunte und zehnte Klasse an der Oberschule abgeschafft worden. Gleiche Chancen für alle, erst der Zehnklassenabschluss, dann die Oberschule. Ich erinnerte mich an die heimliche Erbitterung des Lehrpersonals, die ich in den paar Semestern meines Lehrerstudiums mitbekommen hatte. „Ihr wart ein anderes Arbeiten gewöhnt. Danach ist das Niveau gesunken." Aus dem flachen Schulbau war ein Kindergarten geworden, für die verbliebenen Klassen reichte ein Anbau an der Polytechnischen Oberschule. „Gesunken ist zu mild, gedrückt worden ist das Niveau. Immerhin haben sie mich dabehalten. Aber als wir nur noch die Elf und die Zwölf hatten, war alles bloß halb. Auch der Kontakt. Es ist doch was anderes, wenn du vier Jahre hast. Man muss die Schüler natürlich mögen. Wenn ich heute so eine Gruppe Jungen auf der Straße sehe, und alle machen einen Bogen um die, als hätten sie Angst vor den Jugendlichen! Ich gehe immer mittendurch. Lasst mal eine Gasse für einen alten Mann! Und die gibt es, eine Gasse, und da wird gar nicht gepöbelt." Er lächelte wieder. „Der Georg war auch so einer, sah aus, als ob er gleich pöbelt. Aber ganz unsicher war der, zart. Ihr habt das nicht so gesehen, ich weiß. Ich weiß auch, dass du dir mit Regina Briefe geschrieben hast. Habt euch den ganzen Tag gesehen, aber da stand wohl was drin, was man am Tag nicht sagen konnte." Das stimmte. Aber auch nachts konnte man nicht alles sagen.

Ich hätte Bowlingkugeln anschieben sollen. Aber ich fühlte Hemmung und Ungeschick, als gäbe es nur langsame Bewegungen oder keine. Ich lehnte an einem der Bartische und sah den anderen zu. Barbara schob unverdrossen eine Kugel nach der anderen über die Bahn und machte sich nichts daraus, wenn nur ein oder zwei Kegel umstürzten. Als ich den zweiten Whisky getrunken hatte, kam sie neben mich, ohne Atem, griff ein Wasserglas, atmete wieder, atmete ruhiger, lachte, ich konnte fragen, wie es Frau Klinger ging. „Schlecht." Ich sah Frau Klinger vor mir, mit Herrenschnitt und nie unterbrochener Beherrschung. Einmal hatte sie ihr Parteibuch mit aus der Tasche genommen, versehentlich, als sie die Vorbereitungen auspackte. Georg hatte eine Bemerkung gemacht, da nahm sie das Parteibuch in die Hand und sagte „Das, liebe 11s, ist mein Sparbuch, mein Auto und mein Modellkleid, und dies ist keine staats- und parteifeindliche

Bemerkung. Ich zahle das, weil ich das zahlen will", in der Stimme ein Messerchen. Ich hatte bei ihr nicht bloß rechnen gelernt. Als sie ihre Tochter bekam, verschwieg sie der Schule und dem ganzen Ort den Kindesvater. Gerede. Frau Klinger konnte schweigen.

Einmal hatte sie mich in ihren Vorbereitungsraum gerufen. Sie hatte geraucht und mir gestattet, ebenfalls eine Zigarette zu rauchen. Ich zog die Karo aus dem Päckchen. Eigentlich hätte ich in ihrem Beisein lieber nicht geraucht.

„Ich höre, Sie treiben sich herum. Warum?"

Ich wollte nicht verstockt wirken, nur stand alles still, auch das Sprechen. Frau Klinger fragte kurz, und konnte lange warten, ob noch eine Antwort kam. Ein Satz. Eine Formel. Ich trieb mich herum. Alle wussten es, ja. Ich fuhr mit dem Fahrrad nicht nach Hause, sondern zu den Sümpfen. Ich kannte einige Wege, auf denen man nicht einsank. Ich saß an der letzten festen Stelle. Hier verschwanden die Schienen im braunen Wasser. Früher hatte man Moor herausgeholt und Torf gestochen. Die Sonne! Der Sumpf brachte einen suggestiven Ton hervor, Insekten, ein scharfes Flöten, ich wusste schon, was ein Faun war, ich hatte keine Angst, ich saß da und starrte das Zeug an, das auf dem sauren Boden wuchs, und roch Fahrradöl und den eigenen Schweiß, den Geruch meines Körpers, meines enteigneten Körpers, alles war nur in meinem Kopf, und ich starrte und starrte unter dem Licht der Insektensonne, bis die gerötete Haut beinahe platzte.

Aber das hatte Frau Klinger nicht gemeint. Die Glut der Zigarette erreichte schon fast meine Finger. Sie meinte sich herumtreiben, nachts, spät nach Hause kommen oder gar nicht. Herumtreiben in den Gärten fremder Leute, wenn gefeiert wurde, das Glas Bier austrinken, obwohl einer Schnaps hineingegossen hatte, herumtreiben, etwas Dreckiges, eine andere Wahrheit als die der Insekten, etwas, womit ich nicht aufhören konnte, die bis aufs Blut zerkratzte Haut meiner linken Handfläche, der saure Geruch realer Körper, und wieviel die Haut aushielt in ihrer ekelhaften Dehnbarkeit, ehe es Essig war, Ende, aus. Warum also. Wenn ich es doch nicht wusste. Wenn sie es vielleicht wusste, wenn sie schon das Gerücht gehört hatte, dass meine Mutter sich scheiden lassen wollte, dass Vorfälle in meinem nächtlichen Zimmer stattgefunden haben sollten, Dinge, die zu etwas geführt hatten, vielleicht dazu, dass in einem Aufsatz ein Satz erschien, in der „Darstellung meiner Entwicklung", in diesem Aufsatz, der zeigen sollte, wie wir uns aus den Ruinen unserer barbarischen Kindheit erhoben und der Zukunft zugewandt hatten. Die Köpfe aufmachen für die Deutschlehrerin, die uns zuvor versichert hatte, so ein Aufsatz müsse nicht von den Eltern unterschrieben werden. Ich schrieb. Ich schloss alle Lücken der Erinnerung mit Literatur, grüner Heinrich, weißer Dampfer, neue Leiden des jungen W. Dann, zu billig erklärt damit, dass sie zu viel fernsahen, der verräterische Satz: „...und habe ich mich jetzt von den Werten meines Elternhauses entfernt." Das Wort herumtreiben kam in Aufsätzen nicht vor. ...habe ich mich entfernt. Auch das Wort „Werte" war nur eine Hülle. Von den nächtlichen Entwicklungen meines Elternhauses. In meinen nächtlichen Abwesenheiten hatte ich mich von meinem Elternhaus entfernt. Nicht genug entfernt. Das Gerücht war sogar bis zu mir gedrungen und noch wohin. Ich sog den Rauch tief ein. Vielleicht hatte die Deutschlehrerin die Aufsätze herumgezeigt.

„Was sagen Ihre Eltern?" Nichts. Oder Wörter, die ich vor Frau Klingers Ohren niemals wiederholen würde.

„Wann ist die Scheidung?" Bald.

„Wenn Sie zu wenig schlafen, werden Sie ihre Leistungen nicht halten." Gerade dann.

„Nehmen Sie Rat von mir an?" Ja.

„Machen Sie ein anständiges Abitur." Ich hätte gelacht. Normalerweise. Ich lachte nicht. Zum Lachen, als sei alles fakultativ, nur das Abitur nicht.

„Gehen Sie weg. Weit. Gehen Sie in eine richtige Stadt." Alle sprachen davon, nach dem Studium zurückzukehren. Ja. Das wusste ich schon, weg war gut, weit weg besser, je weiter, je besser, je größer die Stadt, desto besser. Aber es gab Zuzugsregelungen, Abitur, Studium, der einzige Weg, ein Studium anzufangen, eine Hauptwohnung anmelden. Frau Klinger wusste das auch. Aber Frau Klinger meinte nicht, dass man hierher zurückkommen sollte. Die zweite Zigarette war zu Ende. Ich konnte ja sagen. Frau Klingers Stimme war kein Messer gewesen.

„Weißt du, ob sie jemanden hat?" Barbara wusste es nicht. Ab und zu reiste Frau Klinger mit einer Kollegin ins Ausland, immer in den gewesenen Ostblock, und sie nahm immer weiter an dem einzigen Russischkurs teil, den es in der Volkshochschule noch gab. Für Liebhaber und Fortgeschrittene. Als er gestrichen werden sollte, hatte sie eine Protestaktion organisiert. Russisch wurde dann sowieso wieder wichtiger.

„Und du, Barbara?" Barbara war Filialleiterin einer Bank in der gewesenen Bezirksstadt. Einer unserer Mitschüler drehte sich um. „Dich habe ich schon immer hinter einem Schalter sehen wollen." Mir kam der Whisky die Kehle wieder hoch. „Sie ist die Chefin." Er zuckte die Achseln, und mir fiel ein, dass ich morgen wieder wegfahren würde. Weiche von mir, Ungeschick. Ich nahm eine Kugel. Zwei Finger in die dafür vorgesehenen Öffnungen stecken, den Arm nach hinten ziehen, mit dem Schritt nach vorn schwingen, das Ding im rechten Moment loslassen. Die Kugel fährt auf der mittleren Linie oder weicht seitlich ab. Ob du triffst oder nicht, hängt nicht davon ab, dass du die mittlere Linie einhältst.

Die meisten hatten schon einige Bier getrunken, und der gewesene FDJ-Sekretär kam auf den Gedanken, Fotos zu machen, solange es noch hell war. Klassenfotos. Als wir uns aufstellten, sah ich das Bild vor mir. Ich stand in der ersten Reihe, ich war klein gewesen, ich hatte ein weißes Hemd angehabt. Wir alle hatten Niethosen an, mit denen wir auch tanzen gingen, auf die Dörfer und zurück mit dem ersten Zug um vier Uhr früh, und in irgendeinem Hauseingang, nie dem unserer Eltern, standen wir eine Stunde herum mit dem Jungen, der dann den ersten Zug in der Gegenrichtung nahm. Auf dem Bild verdrehte ich die Augen. Heute stellte ich mich in die letzte Reihe, obwohl ich nicht mehr gewachsen war und mit meinen flachen Stiefeln noch kleiner wirken musste. Mir fiel ein, dass später getanzt werden sollte. Später.

„He, Gina", einer beugte sich seitlich über mich weg zu Regina, die neben mir stand. Feuchter Atem quoll gegen meinen Hals, eine Schulter lag beinahe auf meiner Brust, und ich hob den Arm und bewegte ihn auf und ab, eine Schranke. Er bog seinen Oberkörper wieder zurück. Wir sollten sowieso ruhig stehen. Noch ein Foto, Zeit gerann, ich hatte mich verändert, die Gruppe hatte sich aufgelöst.

„Weißt du, was Steiniger macht?" Ich wusste, wen Regina meinte. Ich wusste nicht, was Steiniger machte, aber Regina wusste es und wollte es erzählen. Er hatte ein großes Geschäft, an seinem Haus hinge eine Tafel, aus Marmor, glaubte sie. Das könnte ich mir ruhig ansehen. Wahrscheinlich stammte sie aus der einzigen Steinmetzwerkstatt dieses Ortsteiles von H., in der auch Grabsteine gemacht wurden, glatt, poliert, neu, „Henry Steiniger, Malerarbeiten aller Art Innenausbau Restaurierungen", sieben Gesellen, zwei Lehrlinge, eine Sekretärin brauchte er nicht mehr, seit er Geli hatte, Geli, deren Eltern die Wohnung über meinen Eltern hatten, Geli, die im Jugendwerkhof gewesen war.

„Erinnerst du dich?" Sofort. Geli bekam mit fünfzehn ein Kind, ihre Mutter hatte gleich gemerkt, dass sie schwanger war, und dann war Geli weggelaufen, Polizei hatte sie zurückgebracht, beim zweiten Mal auch, beim dritten Mal verschwand sie in den Werkhof, das Kind ins Heim, bis Gelis Mutter es nahm.

„Hast du ihm denn nie geschrieben?"

Ich sah den Kellergang unter den Häusern, Steiniger wohnte im Nachbareingang, und wir waren durch den Kellergang zu ihm geflitzt, Geli und ich, Steiniger war Ende zwanzig und hatte eine Zweizimmerwohnung und jetzt wohl ein Haus und hatte Geli geheiratet, wie es schien. Warum hätte ich ihm schreiben sollen, ich hätte Geli schreiben sollen. Aber das hatte ich nicht gemacht, obwohl mir keiner hätte vorwerfen können, dass ich der Tochter der Nachbarn schrieb. Ich war Geli aus dem Weg gegangen.

Regina sagte, gleich nach der Hochzeit sei Gelis Tochter zu ihr und Steiniger gezogen. Die Leute-

„Sag mir nichts von den Leuten." Regina sagte nichts. War auch egal, Regina selbst hätte ihre Kinder notfalls auch ohne Vater gewollt. Jetzt war Geli Oma. Sie hatte ihre Tochter nicht gedroschen und machte sich nichts draus, das sie sie so früh zur Oma gemacht hatte, den Säugling konnte sie gut versorgen neben der Arbeit, und ihre Tochter beendete die Ausbildung. Sie hatte selbst genug Dresche bekommen, Geli. Ich hatte Geli vergessen. Ich hatte nur weggewollt und weggewollt. Ich hatte sie nicht ganz vergessen. Ich wollte das Thema wechseln, Regina fragen, wie alt ihre Kinder wären. „Fünfzehn dreizehn neun sieben wie die Orgelpfeifen zwei Jungen zwei Mädchen. Du hast wohl keine Kinder." Das war keine Frage. Ich hatte keine Kinder.

„Warum nicht?" Und warum hatte Regina welche?

„Weil sie das Beste sind, was mir im Leben passiert ist." Sie drehte den Kopf auf ihre schnelle, charakteristische Art, dass die Haare nach links fielen, nach rechts flogen, dann drehte sie den Kopf zurück und presste das Kinn gegen den Hals, so dass die Haare wieder in die vorige Lage kamen. Sie war verlegen.

„Man braucht natürlich den Richtigen." Vielleicht.

Regina senkte den Blick, überwand sich und fragte nach einer Zigarette. Wir inhalierten, viel Zeit verging sehr schnell.

„Was hast du eigentlich mit dem Steiniger gehabt, damals?" Nichts. Steiniger hatte nebenan gewohnt. Er hatte Feten gemacht. Geli und ich waren durch den Kellergang gelaufen. Er war Handwerker gewesen und hatte viel Geld gehabt, für unsere Verhältnisse. „Stimmt. Hat er immer noch. Erst recht. Er hat seinen Leuten drüben in Hof die Wohnungen restauriert, Eins A. Und die haben wohl ein bisschen was in seine Werkstatt gesteckt. Der ist lange aus dem Gröbsten raus, fleißig war er immer, und Handwerk hat eben immer noch." Ja. Goldenen Boden.

„Nur ich", sagte Regina, „muss immer selbst malern."

Ich malerte auch selbst. Aber das war etwas anderes, sah ich auf Reginas Gesicht. Die Verbundenheit blieb an der Oberfläche, weil ich im Westen wohnte.

Regina war ein paar Jahre in Baden-Württemberg gewesen, wo ihr Mann gearbeitet hatte. Aber die Leute. „Sie fanden meine Kinder zu frech, und ich war schuld, weil ich nicht den ganzen Tag zu Hause war. Dort sind sie noch spießiger als hier. Erinnerst du dich, wie alle wissen wollten, wer der Klinger das Kind gemacht hat?" Ich erinnerte mich.

„Aber die hat nicht geheiratet, damals nicht, nicht später." Die Zigaretten waren zu Ende.

„Und ich dachte immer, du hattest was mit dem Steiniger." Nein. Mit niemandem. Andere mit mir, ich nicht mit ihnen. Es wurde langsam dunkel, was mir unangemessen symbolisch schien, das war jetzt wirklich zu lange her, Steiniger und Steinigers Freund, Geli und ich, ein Abenteuer, das ich hinter mich gebracht hatte wie jede andere Pflicht, die ich erfüllen musste, ehe ich dort wegkam, weg. Und jetzt war Geli mit dem verheiratet. Ich hatte keine Ahnung, wie es im Werkhof gewesen war, ich hatte Geli nicht geschrieben, obwohl ich älter war, zwei Jahre. Niemand hätte mir etwas anhaben können, nicht wegen Knutschereien im Kellergang, oder was jetzt der Film im Kopf zeigte, Steiniger oder seinen Freund, der den Waschkeller abschloss, von innen, und eine Decke auf den Beton legte, die er von der Waschmaschine einer Nachbarin nahm und nachher dorthin zurücktat. Ein Film, und ich wusste, dass die Darstellerin keinen echten Schmerz empfunden hatte. Ich folgte Frau Klingers Direktive, und mein Abitur war wirklich sehr gut. Verdrängung, um dies einmal zu denken, ist eine evolutionäre Errungenschaft.

Als alle wieder im Saal der Bärenschenke saßen, stand der gewesene FDJ-Sekretär, der wahrhaftig eine Lodenjacke trug, auf und schlug eine Erzählrunde vor. Welche Abschlüsse, welche Titel, wieviele Kinder. Er selbst werde gleich beginnen, er sei zwar nur Diplomingenieur, aber in einem Baubetrieb käme es ja nicht auf Titel an, sondern darauf, dass ihn die Arbeiter akzeptierten. Ihn akzeptierten sogar die, die kein Deutsch verstanden. Regina bremste. Wer erzählen wolle, könne dies ja tun, aber wer lieber den Mund hielte, sollte dies auch tun, sie zum Beispiel würde das tun. Einer rief „Gina, du willst uns bloß deine süßen Geheimnisse nicht sagen".

„Genau." Sie lachte laut. Ich sah, dass auch andere erleichtert waren.

„Gut, dann eben so. Aber wir wüssten schon gern, was du uns vorenthältst."

„Mensch, ist das ein Wettbewerb oder was?"

Dem gewesenen FDJ-Sekretär war jetzt die Lust am Reden vergangen, zwei Kinder, und er wohnte in der ehemaligen Bezirksstadt, basta. Die Kellnerin nahm Getränkebestellungen auf. Unser Lehrer schaute im Raum herum. Ärztin, Bankangestellte, Architektin (jetzt in der Verwaltung), Elektroingenieur, Lehrerin. Brigitte hatte Philosophie studiert und befand sich in einer Ruhe, die panisch wirkte. „Ich war ja Philosophiedozentin an der Pädagogischen Hochschule, das wisst ihr sicher." Mehrere nickten. Warum wurde hier eigentlich erzählt, wenn die meisten doch Kontakt gehabt hatten? Sie erwähnte ihre beiden Töchter. „Dann, also neunundachtzig neunzig, habe ich einige sehr schmerzliche Erfahrungen machen müssen, eine schmerzliche Selbst- Selbstbefragung."

Erfüllte Brigitte ein Gelübde? Von ihrer Rede beim Abitur hatte ich nur den Eindruck behalten, wie sie groß und schlicht am Pult gestanden hatte und ohne erkennbaren Zweifel an der wissenschaftlichen Philosophie der Arbeiterklasse, die uns alle- Und so weiter. Vielleicht hatte sie sich selbst befragt, aber wollten wir das hören? Gesichter in milchgläserner Beherrschung.

„Umorientierung, das hat mich nicht wenig Kraft gekostet. Aber das Leben geht weiter. Ich habe hier mit Günther eine Firma gegründet, da geht es rauf und runter, grade geht es rauf, heute bin ich zufrieden. Meine Töchter werden sicher keine Geisteswissenschaften studieren."
Einer wusste nicht, was das für eine Firma wäre.
„Eine Firma, die sich mit Land beschäftigt, mit Grundbesitz, Wohnungen, Häusern."
Schweigen. Immobilien, nein, es war nicht ehrenrührig.

Jemand schlug schließlich vor, der Lehrer sollte erzählen. Er wehrte ab. Es sei unser Tag. Niemand fand einen Weg über das Schweigen, erst eine unserer Mitschülerinnen, die von ihrer Arbeit an einer Schule sprach, in der behinderte und nichtbehinderte Kinder erzogen wurden. Eine bessere Ordnung für die Welt! Aber ich dachte an mein Hotelzimmer. Langeweile kam, ging in Rauch auf. Die ersten wurden abgeholt. Niemand redete mich an, in diesem Moment des Lebens bewegte sich nur das Herz, unruhig, und ein Fenster nach dem anderen wurde geöffnet. Es roch nach den Feuern, die in den Gärten hinterm Friedhof gebrannt hatten. A Whiter Shade of Pale, mehrere tanzten, und einer hatte auch noch eine Santana-Kassette dabei. Ich tanzte nicht, keiner fragte, Erwartungen wurden mit den vollen Aschenbechern fortgetragen. Wir hatten hier Musik von alten Kassetten und neuen CDs, die siebziger Jahre, herrlich, Feten in eben erst vermieteten Neubauwohnungen. Günther hatte pornographische Fotos herumgezeigt, die seinem

Vater gehörten. Wieso gehörten seinem Vater solche Bilder, die nur aus dem Westen stammen konnten. Sie hatten keine Westverwandtschaft. Ich hatte auf die Bilder gestarrt und sie weitergereicht, ohne zu begreifen, wo oben und unten war; wieso hatte sein Vater Pornographie, und warum deuteten die anderen auf den Formen herum, auf einer Tapete, deren Muster nichts zu bedeuten hatte. Es war zu warm gewesen, Müdigkeit, Biergeruch, Schaum, der an klebrigen Gläsern herunterlief. Von daher kam mein Widerwille gegen Bier und gegen Neubauwohnungen, in denen die Heizung sich nicht abstellen ließ, gegen die Scham, die in einem fensterlosen Badezimmer aufkam, in dem die Toilettenspülung zu laut rauschte und wo der Spiegel zu nahe war, so nahe, dass du dich selbst nicht mehr kanntest.

Endlich ging ich zur Bar, im Kopf die Politische Ökonomie, von der ich in den drei Semestern meines Studiums wenig begriffen hatte. Die wissenschaftlichen Kommunisten hatten sich mit den werdenden Kunsterziehern wenig Mühe gegeben. Brigitte dagegen musste das Primat der Ökonomie begriffen haben. Wie schnell ich bitter wurde, ich war eben nicht fertig mit dem allem. Jetzt saß Brigitte an der Bar. Ich ging auf sie zu, und während zwei Lidschlägen hatte Brigitte einen doppelten Wodka ausgetrunken, rasch, so dass nicht einmal der weiße Reif auf dem Glas verschwunden war, ehe sie es zurückstellte. Dabei war sie immer noch geschickt und fleißig, und heute Abend hatte sie schon zweimal ihre Töchter angerufen, die jetzt in den Betten lagen.

„Ich dachte, Frau Klinger kommt auch."

„Die kommt nirgendwohin. Die ist auch anders, als du sie in Erinnerung hast."

„Wie ist sie denn?"

„Sie grüßt und geht weiter."

„So habe ich sie in Erinnerung."

„Wirklich?" Ich nickte.

„Und wie geht es Günther?" Natürlich hätte ich Günther selbst fragen können, aber Brigitte schien das nicht zu bemerken. „Ihm ist es schwerer gefallen als mir. Es gab ja einige Anfeindungen. Und bei Wirtschaft hat er doch immer an Gastwirtschaft gedacht. Aber zu manchen Terminen schickt man eben besser einen Mann." Wahrscheinlich.

„Weißt du eigentlich noch, wie wir immer in der Wohnung von Günthers Vater gefeiert haben?"

Brigitte schüttelte den Kopf. „Da bin ich nie hingegangen. Wir sind doch erst viel später zusammengekommen, da war ich schon mit dem Studium fertig. Auf dem ersten Klassentreffen sind wir zusammengekommen, drei Jahre nach dem Abi." Ja.

„Warum fragst du?"

„Er hat mal Fotos gezeigt, die er bei seinem Vater gefunden hat." Brigitte erinnerte sich nicht. Ich wusste, dass ich Günther gegenüber sprachlos wäre, und fragen hätte ja auch keinen Sinn. A Whiter Shade of Pale. Brigitte stand auf, um mit ihrem Mann zu tanzen. Ich blieb an der Bar. Später setzte Traxler sich her. Er trank jetzt auch Schnaps. Die Falten unter seinen Augen waren schon nicht mehr flach, sicher sah auch ich nach all dem Rauchen wie ein Gespenst aus.

„Du sitzt ja allein. Früher hast du Jungen zum Tanzen aufgefordert." Es stimmte, ich hatte mich gern auf den Saal gestellt.

„Ich tanze nicht mehr."

„Nicht mehr mit Jungen, wie?"

„Ich bin aus dem Alter raus."

„Und was machst du hier?"

„Einmal wollte ich kommen, zwanzig Jahre, guter Zeitpunkt."

„Lange Spannung, und dann passiert nichts, wie? Warst du immer so? Du bist gekommen, um nach der Klinger zu fragen. Du warst in sie verliebt."

„Vielleicht war sie mein Vorbild."

„Aber du hast es nicht gemacht wie sie. Du bist abgehaun."

„Der ehrlichste Weg."

„Der Weg des geringsten Widerstands."

„So kann man es nicht gerade sagen, Traxler."

„Ach, die Leiden der Ausreise?"

„Ich habe nicht gelitten. Du brauchst es mir bloß nicht vorzuhalten. Du bist dageblieben und leidest trotzdem nicht."

„Stimmt. Ich habe partizipiert. Ich partizipiere noch. Ich zeige es auch gern." Er strich über den Ärmel seines Jacketts. „Und was willst du hier?"

„Dasselbe wie du, Traxler."

„Nein, du sammelst. Ich bin Techniker. Ich würde niemals Geschichten über Klassentreffen schreiben."

„Ich auch nicht."

„Klar. Du siehst auch gar nicht danach aus." Traxler bestellte mehr Whisky. Er grinste auch mehr. Dann nahm er einen Bierdeckel und schrieb darauf „Birkenlinie 22". Er gab ihn mir. Ich hätte mir die Adresse auch so gemerkt.

„Früher warst du nicht so nett, Traxler."

„Früher hatte ich auch nicht so viel Privatleben."

„Und das heißt?"

„Dass ich an deiner Stelle hier auch nichts erzählen würde."

„Und an deiner?"

„An meiner auch nicht. Wirst du sie besuchen?"

„Aber wissen willst du es doch. Vielleicht."

„Meine Adresse willst du wohl nicht haben." Er fasste nach meinem Handgelenk, dann winkte er ab. „Mach dir nichts draus. Die Abgehauenen sind die Sieger der Geschichte."

Aber ich war nicht aus politischen Gründen weggegangen. Die Grenze war mir entgegengekommen. „Mach's gut, Traxler."

Ich suchte den Lehrer, um mich zu verabschieden, aber er war gegangen. Er hielt eben keine langen Nächte mehr durch. Dann suchte ich Brigitte. „Wie machen wir es mit dem Geld?" Es würde eine Rechnung für alle geben. Ich legte Brigitte hundert Mark hin, und wenn sich rausstellen sollte, dass es nicht reichte, sollte sie mich anrufen. Hier war meine Karte.

„Es hat dir nicht gefallen, Andrea."

„Doch, es war nett."

„Sei nicht enttäuscht von uns."

„Ich bin nicht enttäuscht." Das war zu wenig. „Ich hoffe, ihr seid nicht enttäuscht von mir."

„Du hast dich eben schon früh von uns entfernt."

„Wann?"

„In der Schule." Es stimmte. „Bei deiner Beurteilung hat die FDJ-Leitung diskutiert, ob du gleichgültig wärst."

„Weißt du noch, wie wir immer gefragt haben, ob etwas politisch oder sexuell gemeint ist?"

„Ja. Aber politisch hast du dich auch entfernt. Du wolltest mit dem Ganzen nichts mehr zu tun haben. Du hättest nach Berlin gehen können, aber du bist gleich in den Westen gegangen." Ja.

„Und du, Brigitte?" Sie sagte, es gehe ihr gut. Dann suchte ich Regina, um mich zu verabschieden. Regina tanzte. Barbara winkte mir zu. Sie reichte mir einen Zettel, auf den sie ihre Adresse geschrieben hatte, und es tat mir nachher leid, dass ich ihr nur eine Karte gab, anstatt meine Anschrift mit der Hand zu schreiben.

Am Sonntagvormittag war von sechs Schließfächern am Bahnhof keines belegt, und sie sahen aus, als ob sie auch in der Woche meistens leerstanden. Ich suchte das sauberste aus, in dem keine welken Blätter und keine benutzten Papiertaschentücher lagen, und schloss meine Tasche ein. Glocken läuteten weit her von der Basilika des Dorfs, in dem meine Eltern gewohnt hatten, heute eines Ortsteils von H. Glockengeläut rührt ja immer.

Der Weg führte durch Wald. Die Pfeiler und Säulen der Kirche standen wie früher, die Romanik war echter als echt und die Holzdecke restauriert. Die Kirche war immer zu groß gewesen, seit das Kloster geschleift worden war. Sie war verfallen, bis vor hundertfünfzig Jahren eine romantische Seele den Wiederaufbau bezahlte. Der Pfarrer war neu, die ersten Bänke reichten für die wenigen Gläubigen. Sie war immer leer gewesen, zwei oder drei mal hatte ich einen Gottesdienst besucht. Es hatte nichts genutzt. Lasst die Toten, sagte eine Stimme ins Unsichtbare. Ich konnte nie mitsingen, auch nicht, wenn ich ins Gesangbuch schaute, und wunderte mich über die Melodie. Ihre Toten begraben. Ich ging vor der Predigt, zurück durch den Wald zur Birkenlinie. Die Häuser waren neu geputzt. Es war drei Viertel elf, als ich an Frau Klingers Tür stand. Frau Klinger erkannte mich. Ihr Haar war nicht grau und immer noch ganz kurz. Sie hatte von dem Klassentreffen gehört. Sie hatte niemanden erwartet, aber überrascht wirkte sie auch nicht. Ihre Wohnung war schon geheizt. Ich durfte auf einem von zwei Lehnsesseln Platz nehmen, die sich an einem Rauchtisch gegenüberstanden.
„Sie rauchen keine Karo mehr." Nein.

„Aber Sie rauchen noch." Frau Klinger holte einen Aschenbecher. Wir saßen uns gegenüber und rauchten, rechte Hand, linke Hand, wie im Spiegel. Nähe und Gegenwart machte die Bewegung leicht. Wort, gehe! Ich hatte mich an Jobs in den Westen gehangelt, immer hübsch bei der Kirche, dann Ausreiseantrag, dann weg. „Das System war egal. Je größer die Stadt, desto besser. Und Sie?"

Sie arbeitete am Gymnasium. Sie habe Glück mit dieser Stelle, sagte sie, das Klima an der Schule sei gut, kaum Rechte, und in ihrem Fach wären ohnedies alle moralischen Fragen systemübergreifend. Sie sagte so. Und keine Anfeindungen, soziale Probleme, die natürlich, aber es wären immerhin viele Menschen im Handwerk und im Kurbetrieb der Wald- und Tälerdörfer untergekommen. Sie lächelte. „Sie sind nicht deswegen hier."
„Doch."
„Erzählen Sie mir mehr."
„Ich erinnere mich an alles."
„Woran?"
„An den Mathematikunterricht. Wenn man die Methode begriffen hat, sind die Beträge nur noch eine Frage der Aufmerksamkeit."
Frau Klinger nickte. Als sie das Fenster öffnete, hörte ich wieder die Glocken.

„Ich wollte weg, aber ich habe wenig Bestätigung bekommen. Ich erinnere mich, dass Sie mich gefragt haben, warum ich mich herumtreibe. So was haben nicht viele gefragt."

„Sie haben sich in Gefahr begeben." Ja. Ich war süchtig danach.

„Nichts wird ungeschehen, aber den Ort des Geschehens kann man verlassen." Ich weiß.

„Wissen Sie, wie man Thüringen vor sechzig siebzig Jahren genannt hat? Den Trutzgau. Ich habe gehofft, dass Sie Thüringen einfach hinter sich lassen."

„Aber selbst sind Sie geblieben."

„Jemand muss bleiben."

„Sie meinen, sonst hätte mir niemand geraten zu gehen."

„Nein. Es gibt immer eine, die rät."

„Man muss sie auch hören können."

„Ich konnte Ihnen natürlich nicht sagen, dass Sie in den Westen gehen sollen. Das hätte ich nicht tun dürfen, selbst wenn ich es gemeint hätte. Obwohl Sie sicher geschwiegen hätten."

„Das hätten Sie nicht wissen können."

„Ich habe mich selten getäuscht. Die letzten Jahre", sie meinte nicht die gerade vergangenen, sondern die des gewesenen Staats, „waren nicht mehr schön. Wir haben Druck ausgeübt und zugelassen. Wir haben den Druck weitergegeben, den wir hätten zurückgeben sollen. Um es milde zu sagen."

„Würden Sie auf mich hören?"

„Für uns ist es zu spät. Und wohin sollten wir gehen?"

Ich sah meine erste Liebe an, die Sekunde ging vorbei, was blieb, erklärte eine innere Zeugin für Dankbarkeit. Nicht sprechen. Glockengeläut rührt immer.

„Was wären Sie lieber gewesen?"

„Als Lehrerin? Nichts."

„Sie haben es mir leicht gemacht."

„Es war ein Gespräch, nicht mehr. Sie wären auch ohne Abitur weggekommen." Vielleicht.

„Sie wären in jedem Fall gegangen." Wahrscheinlich.

„Und was denken Sie heute, Frau Klinger?"

„Politisch?" Politisch.

„Ich denke, dass wir wider besseres Wissen gehandelt haben." Sie deutete auf ihr Bücherregal. „Wir haben geredet, wie wir denken sollten, nicht wie wir dachten. Und jetzt kommt uns die Reue. Oder der Starrsinn. Über keins davon können wir sprechen." Sie bewegte den Kopf, als wolle sie durch Dunst oder Dampf hindurch Ausblick gewinnen.

„Anfangs wollte ich weinen. Dann Zorn. Dann fiel mir ein, dass ich manchmal auch geredet habe, wie ich wollte. Beinahe hätte ich es vergessen." Sie lachte.

Das war alles.

Drei Wochen später erhielt ich einen Brief mit Fotos vom Klassentreffen. Es waren Farbfotos. Ich wählte eins aus, legte es auf den Schreibtisch und nahm einen Kugelschreiber und machte ein Kreuz an der Stelle, wo ich hinter den Gesichtern und Schultern der anderen und von ihnen verdeckt mein eigenes Gesicht vermutete.

Erregungen

1

Diesen Sommer verbrachte ich im Kornapfelbaum. Licht stach in die im Winter ausgelichtete Krone, die Haut verbrannte selbst im Halbschatten. Zu viele Nachmittage, an denen ich das Buch an die besten Schauerplätze mitgenommen hatte, auf den Dachboden und hinter den Friedhof, wo der Blick zu grauen Triften ging, hatten Grimms Märchen den Rücken gebrochen. Die Finger umklammerten die an den Rändern mürben Buchseiten, Schweißtropfen glitten von den Achseln unter das Hemd. Ich atmete den Geruch des Sandbodens und atmete vereinzelte Vogelschreie und atmete das Kreischen der Sägen in der Leitermacherei. Die Kinder im Märchen wollten Äpfel aus der Truhe mit dem verschlossenen Deckel. Ich langte nach einem Kornapfel und schwankte rückwärts und schob den Hintern raus und fing mich auf dem rauen Ast und schürfte mir die Beine auf und balancierte das Buch und biss in den Apfel. Wie die Kerne, noch weiß, in ihren fingernagelhellen Kammern lagen! Ich kannte keinen Machandelbaum und konnte kein Platt. Die Grimmbrüder erzählten von der Mutter, die den Jungen geschlachtet, und dem Vater, der ihn gegessen hatte. Die Mutter berechnete, dass die Schwester des Kleinen den Hergang nicht begreifen und also glauben würde, sie hätte ihm mit bloßer Hand den Kopf abgeschlagen. Schwankende Identifikationen, bis ich fand: nicht das Mädchen sein, sondern Kywitt „wat vör'n schöön Vagel bün ik". Kywitt sang nach Plan, flog drei Stationen durchs Dorf, sang, bis der Goldschmied ihm eine Kette schenkte, der Schuster rote Schuhe und zwanzig Müllerburschen einen Mühlstein. Kywitt nahm Stein, Schuhe, Kette, flog zurück zum Machandel. Die Stunde schlug, Kywitt schöner Vogel warf den Mühlstein, erschlug die Mutter, „do wöör ehr so licht un so frölich", dem Mädchen nämlich und mir. Alles wird gut. So ein Vogel war das.

Der Kornapfel fällt und bleibt unterm Baum, hinter der Werkstatt steht das Fahrrad, ich klemme das Buch auf den Gepäckträger, in schwebender Aufregung fort zur Helsigquelle, ein guter Schauerplatz, ich werde wieder lesen, im Vorwissen der herrlichen Wiederherstellung der Welt. Das Rad fliegt, rutscht über Wurzeln, ich könnte Kopf voran über den Lenker schießen, beim Bremsen, ich bremse nicht, die Kiefern gehen über in Gestrüpp, an der Quelle schwarze Erlen.

Die Helsigquelle war besetzt, jetzt, im Sommer. Alle waren im Freibad, nur ich hatte mir ein Stück vom großen Zehnagel gerissen, als ich ungeschickt vom Beckenrand sprang, ich hier, alle im Bad, nicht ganz, hier war auch Brigitte, Brigitte mit dunkelblonden Haaren, die auf Ohrhöhe steif abstanden, mit viereckigen Fingerkuppen und Nägeln, unter denen Schwarzes klebte, weil sie nachmittags in der Gärtnerei half.

„Ich habe einen Ohrring verloren", sagte Brigitte, „als ich gestern mit Dieter Meißner hier war."

„Peter, meinst du."

„Peter ist ein Kind", Brigittes Blick auf Grimm, „du liest ja selber noch Märchen."

Dieter Meißner ging nicht mehr an Orte, wo Kinder spielten. „Was habt ihr denn gemacht?"

„Was schon."

„Zeig den andern."

Sie drehte den Kopf, der Ohrring hatte einen Stein, „Aquamarin", sagte sie.

Ich nahm, wie Brigitte, einen Ast, wir wühlten im Mulm unter der Bank.

„Bist du sicher, dass du ihn hier verloren hast?"

Sie hatte es erst zu Hause gemerkt, im Wald war es zu dunkel gewesen, es war auch jetzt dämmrig, blaues Blinken, wir griffen gleichzeitig danach, ich nahm den Ohrring, reichte ihn weiter. Brigitte hielt ihn unter das Stück Rohr, aus dem das Quellwasser kam und fädelte ihn dann in das freie Ohr. Ich setzte mich, zog die Beine hoch und sah zu.

„Was du für zerkratzte Beine hast", sagte Brigitte, „hast du überhaupt schon einmal geküsst?"

Ich bearbeitete manchmal meinen Handrücken mit der Zunge, um zu spüren, wie es sich beim Küssen anfühlte, flach und fleischig, wofür nahm man beim Küssen die Zunge?

Ich schüttelte den Kopf. Sie sagte: „Ich zeige es dir". Sie war neben mir, ihr Mund öffnete sich, ihre Zunge öffnete meinen Mund und wickelte sich um meine Zunge, ich wickelte in Gegenrichtung. Brigitte lehnte sich an mein aufgestütztes Bein. Der Kuss radikalisierte sich eine Handbreit unter dem Nabel, unteninnen, elektrische Energie zog langsam von unteninnen gegen das Brustbein, bis ich ganz satt davon war, Ströme stiegen ins Gehirn und verschmorten ihre Bahn, langsam langsam. Ich ließ das Bein sinken, Brigitte rutschte in meine Richtung, sie hatte eine federnde Vorderseite, wir stießen mit den Zähnen aneinander, es tat weh.

Brigitte sagte: „Du kannst es schon."

Warum das denn?, dachte ich.

2

„Bedecke deinen Himmel, Zeus." Ein Theaterwissenschaftler musste Goethe ja ernstnehmen.

Ich war im Frühsommer nach Weimar gefahren, um alles Geld, das ich in den Winterferien verdient hatte, für Schuhe auszugeben. Sie waren rostorange und hatten hohe Absätze, es waren genau die richtigen Schuhe, nicht ich würde sie, sie würden mich tragen, aus dem Dorf hinaus, sehr bald, praktisch sofort nach dem Abitur. Vorher würde ich eine letzte Ohrfeige empfangen, wahrscheinlich morgen, ich würde heute nicht nach Hause fahren, sondern morgen früh oder Mittag oder sogar übermorgen, was alles einen Tag verschieben würde. Ich stand vor dem Schuhgeschäft, wählte einen Passanten und dachte: Sprich mich an! Beim zweiten funktionierte es, er gefiel mir sogar besser als der erste. Er fragte nicht zuerst, ob ich mit ihm Kaffee trinken wollte, er fragte, ob ich ihm die Schuhe zeigen würde, was mir normal vorkam angesichts dieser Schuhe. Ich war Herrin der Lage. Ich stellte den Karton auf eine Bank und vertauschte eine Sandale mit einem Schuh, er wollte auch den anderen sehen, er schlug vor, ich sollte sie anbehalten. Aber dieser Schritt war jetzt nicht dran. Im Schlosscafé dann hing ein Ausstellungsplakat, darauf Sibylle von Cleve als Braut, er erklärte das, bevor er Kaffee und Rotwein bestellte. Sie war vierzehn. Ich würde mehr Bilder anschauen, später, aber immerhin, ich hatte etwas gelesen. Er hatte ein Notizbuch mit eingerissenem Umschlag in der Jackentasche, als er einen Moment darin blätterte, sah ich seine ausgeschriebene Handschrift. Ja, ich hatte Zeit, und nein, mich erwartete niemand. (Vielleicht fragte er noch, ob ich volljährig war. Ich war volljährig, er fragte nicht.) An der Wohnungstür stand der Name, Michael Denzler.

„Dem Knaben gleich, der Disteln köpft", in Thüringen wurde ja laufend Goethe zitiert, ich konnte das auswendig, Michael Denzler nicht, oder er tat als ob nicht. Er wusste, wie man ein Buch mit der Hand auf Hüfthöhe geöffnet hielt und in dieser Pose las. Er schlug mit der freien Hand die Disteln in der Luft ab und zog im gleichen Schwung eine Hüfte an seine, meine. Im Zimmer standen zwei Betten, einfach so hingestellt, ein doppeltes, ein einzelnes, meine Aufmerksamkeit setzte aus, seine nicht. Aber ich wollte ja sowieso in das Bett, das einzelne, es hatte einladender ausgesehen, wer weiß, mit wem er im anderen lag, sonst. Der Film bekam wieder Bild, als Michael Denzler schon meine Beine nach hinten klappte, auf die Schultern, meine, seine, und die Hand, seine, glitt über die glatte, einen Spalt breit geöffnete Tür zu meinem Unteninnen. Ich war noch jedes Mal überrascht, dass jemand das wollte, die Überraschung stand mir bis an den Hals. Als wir fickten, sah ich herum, sah ich die karierte Gardine rechts vom Bett, ich löste meine Hand von seinem Rücken und erreichte die Gardine und hob sie ab.

Das Fenster stand offen, Wärme fauchte herein, jenseits das Nachbarhaus, zwei Meter entfernt der Zufall, ein Fenster in der Brandmauer, im Fenster erschien das Gesicht einer Frau und blieb stehen und sah mich an, ich sagte: „Komm!"

Michael Denzler fragte: „Jetzt schon?"

Und ich verstand jetzt, dass Kommen nicht bedeutete, näher zu kommen, und mein Körper reagierte auf etwas von vorhin, auf ihn oder sein Bild, wie er Goethe zitierte, oder auf seinen Blick, denn er hob sich von mir ab und schaute in die körperliche Tiefe unserer Verbindung, wo seine Lust entstand und davon anwuchs, dass er sie ansah, die Verbindung. Es überraschte mich, aber begeisterte mich nicht, ich hatte auf mehr Hitze gehofft und warf meine Phantasie nun auf Gesicht und Auge der Frau gegenüber und löste mich von mir und sah, was sie sehen musste, seinen Rücken, Beine, Füße, die in die Matratze gestemmt waren, seinen gesenkten Kopf, sein Stieren auf die Mitte. Seitlich unter seinem Rumpf sah sie, sah ich jetzt eine meiner Brüste, oberhalb seiner Schulter mein Hals und Gesicht, Blick auf! seitlich oben. Sie kniff ein Auge zusammen, das war das Zeichen, ich ließ die Gardine los, die sank, der Stoff bauschte sich in vollkommenem Bogen. Innen war alles rund und pulsierte.

Michael Denzler fragte: „Ist dir klar, dass da drüben ein Fenster ist?"

„Ja", sagte ich, „und darin ist nicht Goethe".

3

In diesem Frühling blieb der Regen aus.

Das kannte ich doch. In diesem Frühling blieb der Regen aus.

Die Melodie kannte ich. „In diesem Sommer blieb der Honig aus." Es war kein Frühling mehr, mich weckte nicht die Amsel, mich weckten die Spatzen. Jemand hatte gesagt, Sperlinge wären bedroht. In meiner Straße nicht. Das sachte Grau meines Zimmers wurde heller, Schlaf löste sich in Halbschlaf, löste sich auf. In diesem Frühling, das hieß Sommer, das war von Ingeborg Bachmann, hieß: blieb der Honig aus. Ich war krank gewesen, die Morgen hatten bitter geschmeckt auf der Zunge, heute schmeckte ich wieder Honig, wenn ich Honig dachte, heute dachte ich wieder. Mein Geschlecht war wieder ein Sperling, „unser volksthümlicher vogel, der gegenüber menschlicher siedelung die gröszte anhänglichkeit zeigt", ich liebte die Sperlinge und das Wörterbuch der Brüder Grimm, das ich jederzeit auf den Bildschirm rief. Ich schwankte nicht mehr, als ich aufstand, ich zog die Jalousie hoch und sah durchs offne Fenster, ich ließ die Jalousie wieder runter, gleich würde ich duschen, das Bett abziehen, Kaffee kochen, es fiel mir ein, dass Sonnabend war, der fade Krankheitsgeruch war verschwunden, ich zog das T-Shirt über den Kopf, nahm die Wasserflasche, die vor dem Bett stand und trank in großen Schlucken, ich fühlte das Wasser rinnen, stellte die Flasche wieder hin, drehte mich und riss das Tuch vom Spiegel, sah meinem Bauch beim Atmen zu. Begehren brauchte kein Ziel, als meine Füße die Wände hoch gingen, quer lag ich, mit dem Rücken auf dem Bett, wär eine andre Hand gewesen, sie hätte meine Brust gefasst, die rechte, doch so ging es auch, ich schob die Linke unterm Hintern durch, legte die Rechte über das Geschlecht, fand mich in der Mitte, zog ein Bein an die Brust, so ging es jederzeit. Nach meinem 30. Geburtstag waren die Muskeln jedes Jahr fester geworden, fließender die Bilder, springender der Atem.

Gleich drauf stand ich auf, nahm das Laken um und ging, Jalousie und Fenster nun richtig zu öffnen. Ein Spatz aus meinem Bauch flog aufs Dach gegenüber.

else gold

Jeden Tag zeigen sich mir, oft zu-fällig, Spuren von Vergangenem – "Ab-Fall" - vergraben, verschüttetet, verloren, vergessen und verdrängt.

Mancher Spur folge ich, lege die Fundstücke frei und hebe sie auf. Ich trage die Relikte zusammen, ordne und lagere diese. Parallel dazu schaffe ich Arbeiten in Porzellan, Abgüsse alltäglicher Gegenstände, der belebten und unbelebten Materie und eigener Formulierungen. Diese und der anfallende Porzellan-Abfall bilden einen weiteren Fundus.

Aus den Fragmenten meiner Sammlungen und den von mir hergestellten Teilen entstehen dann Objekte, Assemblagen und Installationen. Durch Transformierung der Dinge in einen anderen Daseinszustand erhalten diese einen neuen Sinn. Immer wieder entwickeln sich serielle Arbeiten. Das Prinzip der Serie bietet mir die Möglichkeit, das Einzelne und die Vielfalt des Gleichen zu untersuchen. Ich beobachte den Prozess der Veränderung, die Wandlung, aber auch die Gleichzeitigkeit der Erscheinungsformen.

In meinen Arbeiten setze ich mich mit Mythen auseinander, mit Sexualität und Gewalt, Macht und Ohnmacht, Verletzung und Heilung.

(Else Gold)

Mit ihren aus Porzellan, Lampenfassungen, Glaskugeln, Holz, Haar, Metallgegenständen und anderen Materialien erfundenen aberwitzigen Figuretten hat sie etwas Eigenständiges geschaffen. (...) Else Gold aber hat etwas völlig Neues in die Objektkunst eingebracht, das sich von der Leere und Lethargie der Moderne vor allem durch Witz und Erfindungsreichtum abhebt.

(Heinz Weißflog)

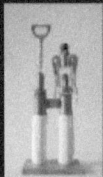

Heilige Familie   Jorinde & Joringel   Magd   Engelchen   Heiliger Sebastian   nickel base

else gold   Goldgrund 15 • 01662 Meißen • Atelier: Hahnemannsplatz 9 • 01662 Meißen • Tel. 03521-402432
www.elsegold.de

Das Verlagsprogramm von **MARTA PRESS** (gegr. 2012) umfasst

– in der Reihe »Substanz« Master- und Diplomarbeiten sowie
  Dissertationen zu Frauen-/Männer-/Geschlechterforschung,
  Gender und Queer Studies, Geschichte, Kultur- und
  Literaturwissenschaften, Wissenschaftsgeschichte;
– Sachbücher zu queer-/feministischer Gesellschaftskritik;
– Literatur zu/über (Sub)Kulturen, Kunst & Fashion;
– Fachliteratur sowie künstlerische Auseinandersetzungen zu
  psychischer, physischer und sexualisierter Gewalt und deren
  Traumatisierungsfolgen;
– Literatur zu Holocaust/ Shoah/ Nationalsozialismus/
  Emigration;
– belletristische, biografischer und Sachliteratur zu psychischen
  Erkrankungen;
– biografische Literatur (Reihe »Nahaufnahmen«);
– belletristische Literatur (Reihe »Bellevue«)

Der Verlag ist interessiert an Manuskripten
von neuen oder erfahrenen AutorInnen.
Desweiteren fördert **MARTA PRESS** Vertreter/innen
von ART BRUT / OUTSIDER ART.

www.marta-press.de
Kontakt: marta-press@gmx.de

www.ingramcontent.com/pod-product-compliance
Lightning Source LLC
Chambersburg PA
CBHW021222260626
47172CB00002B/566

9 783944 442075